強行捜査

特命捜査対策室・椎名真帆

山邑 圭

角川文庫
23726

目次

主な登場人物

椎名真帆（しいなまほ）　荻窪東署（おぎくぼひがし）の刑事
古沢和夫（ふるさわかずお）　同・刑事
新堂雄一（しんどうゆういち）　同・刑事　班長
吾妻健人（あづまけんと）　同・刑事　真帆の相棒
椎名曜子（しいなようこ）　真帆の伯母（おば）　洋品店経営・占い師
相沢博之（あいざわひろゆき）　真帆の父親　元警察官
重丸麻子（しげまるあさこ）　警視庁刑事部捜査一課　特命捜査対策室　第七係　係長
有沢香織（ありさわかおり）　警察庁刑事局　刑事企画課より出向中
杉藤芳樹（すぎとうよしき）　元警視庁捜査一課の刑事
桑原夏未（くわはらなつみ）　誘拐強盗事件の被害者
桑原和也（かずや）　夏未の父　学習塾経営
桑原サツキ　夏未の母
富田啓子（とみたけいこ）　桑原家の家政婦

捜査Ⅰ

壁にかけられたカレンダーは、まだ先月のままだ。

だいぶ前から気づいてはいたが、紙を捲る手間が面倒で放置している。

カレンダーだけではない。放置されている物や場所は他にもたくさんある。

床やゴミ箱は清掃スタッフが毎日きれいに整えてくれるが、三台あるデスクや資料棚、給湯場所などには一切手を触れない決まりになっている。

おかげで真帆のデスクの上には薄らと埃が見られ、スナック菓子の細かい欠片が散らばっていたり、コンビニ弁当の何かの汁が溢れたまま乾燥していたりする。

窓際にある係長の重丸麻子警部補のデスクと、残る一台の、誰の物でもない机も然り。

共用スペースにある二人掛けソファには、いつから置いてあるのか不明な菓子箱や新聞紙の束……。

気にはなる。

気にはなるが、積極的に何とかしようという気が湧いてこない。

数ヶ月前までは、雑然とはしていたものの、ここまで荒んではいなかった。

入室する人間が一人減っただけで、これほど部屋が荒廃するものだろうかと考えるが、深く考えるまでもなく、その減った一人が重要なのだった。

『椎名（しいな）さん、珈琲（コーヒー）やお弁当の生ゴミはきちんとビニール袋に入れてからゴミ箱に捨ててくださいね。デスクの上も毎日ダスターで埃を払わないと気管支炎になりますよ……聞いてます？』

有沢香織（ありさわかおり）が私物を段ボール箱に詰めながら、妙に饒舌（じょうぜつ）だったあの日を思い出す。

警察庁刑事局から短期出向でやってきた警部の肩書きを持つ有沢は、昨年末の未解決事件の犯人確保に貢献したことが認められ、予定を繰り上げて警察庁に戻ることになった。

今から四ヶ月ほど前だ。

『刑事部捜査一課　特命捜査対策室第七係』という、その仰々しい文字が並ぶプレートが架けられたドア内の秩序は、それまで有沢が一人で保っていたようなものだった。

真帆が荻窪東署（おぎくぼひがし）から出向になり初めてこの部屋を訪れた時は、有沢はすでに古くからこの部屋の主であるかのような態度を見せていたが、実際は、真帆より十日ばかり早く異動になっただけだった。それ以前の数ヶ月間はメンタルを病み休職していたため、七係への出向は本格的な復職に向けてのリハビリのようなものと聞いていた。

けれど、リハビリどころかその職務遂行能力は驚くほど高く、時として持ち前の冷静さを失う熱血女子であることが判明した。

三ヶ月足らずの同僚だったものの、真帆には歳下ではあるが頼りになる存在だった。キャリアの特権を違法寸前まで駆使し、自分などより遥かに強い正義感をもって捜査にあたる有沢を尊敬するようになっていた。

仕事以外でも、その潔癖性が故の、職場の環境作りへの情熱は凄まじく、それは重丸と自分にとってはこの上なくありがたい事だったのだと、真帆は今更ながら思う。

重丸、有沢、真帆の女性警察官三人の職場は、有沢のおかげで、閑職の場にありがちな寒々とした空気を感じることもなく、仕事の退屈さを除けば快適なサロンだった。

『じゃあ、お世話になりました。またいつかご一緒できると嬉しいです。係長にもよろしくお伝えください。甘いものは食べ過ぎないようにと……』

あの時、私物の入った段ボール箱を抱えた有沢が、空席の重丸のデスクに目をやり、少しだけ寂しそうに笑った。

『うん。係長、明日は来るかもしれないし……』

その伝言はいつ伝えられるか分からなかったが、他に言葉が見つからなかった。

『珈琲豆は後二日分しか残ってませんから、明日のうちに買っておいた方がいいかも……あ、それと、何度も言いますけど生ゴミは必ずビニール袋に入れて口をしっかり結んでから……』

『はいはい、分かってるって……でもさぁ……』

黙っていると鼻の奥が痛くなりそうで、真帆はようやく口を開いた。

『何ですか?』

『ドラマとか映画みたいだよね、その恰好(かっこう)。クビになったキャリアウーマンとか、ガラス張りのオフィスからそういう風に段ボール箱抱えて出て行くじゃん』

高身長で整った顔立ちを持つ有沢だから、本当に映画のワンシーンみたいに見えた。

有沢は呆(あき)れたような顔になり、大きく息を吐きながらドアに向かった。

『私はクビになったわけじゃありません』

段ボール箱を抱えたままドアを開ける有沢を、手を貸すことも忘れてただ見送った。

《何だよ、ここは笑うとこじゃん》

永遠の別れでもあるまいし……。

湿っぽい空気になるのを避けるために言ったのだが、相手が悪かった。

「じゃあね!」と、その背中に明るく声を掛けた。

けれど、ドアが閉まる音が響いた途端、いきなり寒々とした空気が室内に流れ、真帆はしばらく茫然(ぼうぜん)と椅子に座り込んでいた。

予想外に、あの時の喪失感は大きかった。

あれから季節は変わり、窓の外には平年より少し早い梅雨空が広がっていた。

有沢の後任として刑事が一人配属されるはずだったが、初年度から徹底された人員削減のため白紙となり、七係は重丸と真帆の二人だけになっていた。

相変わらず重丸は出張という名の単独行動の日々。事実上、七係は真帆の天下となり、真面目に勤務しようが一日中タブレットで映画を観ようが、勤務評価に影響はなかった。ノルマは無きに等しく、月末に資料課に送る捜査資料確認データが異様に少なくとも、全く問題にはならなかった。

定時に登庁し、静かな室内にクラシック曲を流し、珈琲豆を丁寧に挽く。豊かな香りと味に包まれ、昨日開いたままの捜査資料のファイルをぼんやりと眺める。徐々に消えていく通勤電車の疲労と引き換えに、日毎に深くなるため息をひとつ……。

「まあ、気楽でいいっちゃいいんだけどさ……」

重丸は今日も午後から姿を消していて、私用電話の声量も気にする必要がない。

『おまえな、贅沢にも程があるぞ。仮にも歴とした公務員なんだから、給料分きっちり働かなきゃバチが当たるぞ』

電話の相手は吾妻健人。荻窪東署の刑事であり、真帆のかつての相棒だ。

『俺なんか、ここんとこ定時で帰れたためしがないんだ。最近の若いヤツラの指導もしなくちゃなんないし……いやぁ、偉くなるのも考えもんだよな』

吾妻は二度目の昇任試験にチャレンジし、この春めでたく巡査部長になっていた。

その自信からか、最近はどこか上から目線の物言いをする。

〈最近の若いヤツラって……あんたは定年間近のオッさんか！〉

昨年一度目の試験に落ちた時は落胆のあまりに長期休暇を取ったくらいだから、今はまさに絶好調であることは分かっている。けれど、そろそろ落ち着きを取り戻して欲しいと思ってしまう。

「ふうん……そりゃ大変だね。ごめんね、忙しい時に長話しちゃって」

吾妻の方からかかってきた電話だが、話し相手に飢えているからつい愚痴を言ってしまった。

『あ、ちょ、ちょっと待てよ』

電話を切ろうとすると、慌てて吾妻の声が追いかけてくる。

あの件だな、とすぐに察しがつく。

『どうだった？　有沢さん、来てくれるって？』

「まだ返事がないよ。キャリアだもん、忙しいに決まってるじゃん」

『そこを何とか承諾してもらうのが今回のおまえの仕事だろうが……花がないと盛り上がらなくて座が湿っぽくなるじゃないか。フルさんもがっかりするよ』

がっかりするのはあんただろうと言いたかったが、話が長くなりそうなので我慢した。

吾妻から、古参の古沢和夫巡査が退職するという連絡を受けたのは昨日のことだ。

古沢は、真帆が刑事になって初めてコンビを組んだ刑事だ。

親子ほど年齢の違う古沢とのコンビは、捜査方針から昼食の店選びまでことごとく意見が分かれた。分かれたけれど、古沢に逆らう気力は真帆になかった。

苦手な相手ではあったが、徐々に古沢も真帆を認めてくれるようになっていて、再び荻窪東署に戻ることになれば、またコンビを組む可能性もあったはずだ。

その古沢が、来月初旬で早期退職をするという。定年まではまだ数年あるが、地方で暮らす年老いた両親の介護のためというのが理由だった。

吾妻はその古沢の送別会を提案し、真帆も吾妻の独断で幹事にされていた。

送別会は三日後。

一応、今朝一番で有沢にメールを入れておいたが、まだ返信はなかった。

半月ほど前に有沢に電話をした時は、刑事局内での事務仕事に加え、キャリアに課せられる勉強会の予習に追われているとボヤいていた。

せめて半月前くらいなら調整がつくかもしれないが、流石に三日後では無理だろうと思った。

『花がないと盛り上がらなくて……』という吾妻の言葉は正解だ。

班長の新堂雄一（しんどうゆういち）警部補や主賓の古沢はともかく、盛り上げ役である数人の若手刑事にとっては、ツンデレ風のキャリア女子の存在は大きい。

吾妻に曖昧（あいまい）な返事をして電話を切ると、有沢からメールが届いていることに気づいた。

期待をしないで開いてみたところ、意外にもOKの顔文字が現れた。

「それでお給料はちゃんと貰えるんでしょ？　そんな自由な職場、滅多にないわよ。不満なんて言ったらバチが当たるわ！」

鷲摑みにした白菜を鍋に放り込んで、伯母の曜子が笑う。

今夜は定番の鶏鍋だ。

定時に退庁する日々が続き、本音を言えば新宿辺りでファッションビルやデパートをぶらつくか、馴染みの居酒屋で一人吞みでもしたいところだ。けれど、夕食を準備して待っている曜子のことを考えると、わざわざ地下鉄を乗り継ぎ、新宿に立ち寄る気力が萎えてしまう。

残業や断り切れない職場での会食は別として、自分の気分で《夕ご飯は要りません》とメールをするのは気が引けた。

一人で食事をする曜子を想像するのが嫌なのだ。

単に自分の感傷であり、当の曜子は一人で気楽な夜を過ごしているに違いないのだけれど、目立ち始めた白髪に気づいてからは、以前のように自分の気分で帰宅時間を遅らせたり、付き合いだと嘘を吐き、酒の匂いを纏って帰宅したりすることができなくなっている。

真帆が実父の姉である曜子夫婦の養女となったのは、真帆が八歳の時だ。

それまでは、調布の交番勤務の警察官だった父の相沢博之と母の悠子との三人暮らしだった。だが、真帆が八歳の時、博之に恨みを持つ若者に悠子を目の前で刺し殺され、真帆はそのことから解離性健忘になり、それまでの記憶を失った。

博之は、それから単独捜査を試み行方不明となり、昨年、その事件解決とともに二十一年ぶりに真帆と再会したのだった。

伯父は四年前に亡くなり、それ以来ずっと曜子との二人暮らしが続いていて、真帆にとって曜子は実の母親同然だった。

夏には還暦を迎える曜子だが、心身とも衰えを感じさせる様子は見せたことがない。けれど、確かに以前よりも階段の上り下りのスピードが遅くなっているようで、本人はそのことが結構ショックだと言っている。

二人が住む、狛江市の商店街にある三階建てのペンシルビルは築三十年を超えている。伯父が残したこのビルは、一階は曜子が営む婦人服の洋品店で、二階と三階が二人の住居になっている。

「シイナ洋品店」は、近所にある団地の住人や商店街の人々が顧客であるが、その多くは曜子が趣味で始めた水晶占いが目的で店を訪れていた。

その中の誰かがSNSに《良く当たる占いのおばちゃん》と書き込んでくれたお陰で、今では都内にある「占いの館」のチェーン店から出向アルバイトのお呼びがかかることもあった。

「私なんか朝からお店を開けて、在庫の整理やおばちゃんたちの相手をして、それからバイトに行って十人くらい占っても微々たるお金が入るだけ。この歳で仕事があるだけ幸せだから文句は言えないけど……稼ぐって大変なのよ。真帆も歳を取ったら分かるわよ」

毎日のようについ愚痴を言ってしまう真帆に、曜子は軽々とした口調で寄り添ってくれる。

曜子の言葉は尤もだと思う。

ただ、その自由さを謳歌できたのは数日だけで、基本は終日デスクワーク、しかも室内には軽口を叩く相手もいない環境に、真帆は退屈どころか苦痛さえ感じるようになっていた。

けれど、帰宅して曜子と向かい合わせで鍋を突くと、そんな思いもつい忘れてしまう。

夏でも週一ペースで鍋料理が用意されていることにも、もちろん不満は無い。

今夜も500mlの缶ビールはあっという間に空になる。

「そう言えば……お父さん、変わりなかった？　今日「りんどう」に行ったんでしょ？」

「りんどう」は、博之の再婚相手が営む隣町にある大衆食堂だ。

今春結婚した二人は、その店の二階で新婚生活を送っている。

「体調は良いみたい。綾乃さんがちゃんと健康管理してくれているって」

昨年、博之はクモ膜下出血で手術をしていた。幸い軽傷で後遺症もなく、夏には復職することができた。警備会社の非正規社員だが、仕事が終わると綾乃の店の厨房で仕込みなどの手伝いをしていると聞いていた。

「すっかり尻に敷かれちゃって」と不満げに言っていた曜子だが、綾乃とは同年齢ということもあり、いつの間にか良好な関係を作り上げたようだ。

「真帆もたまには顔を出してあげなさいよ」

そういえば、先月の末に行ったきりだったと思い出した。

「まあね……」

暇なんだから、と追い討ちをかける曜子の声を遠ざけ、先週、電話で話した博之の声を思い出す。

『まあ、退職しなければ後二十年以上は刑事でいられるんだ。休める時はしっかり休まないと、いざという時に本領発揮できないぞ』

刑事を目指していたのに、妻の悠子の事件で警察を辞めた博之だ。博之にとって娘が刑事になったことは何よりも嬉しいことなのだと真帆にもよく分かっていた。

博之の口調は以前よりずっと柔らかい。おそらく再婚相手の綾乃の影響だろうと思っている。

初対面の時、すぐに真帆は綾乃に好印象を抱いた。

それ以前に曜子から聞いていた話では、綾乃は、夫に先立たれた三十代半ばから男児二人を育て上げていた。けれど、その話から想像していた〈肝っ玉母さん〉のイメージとは程遠く、綾乃は物腰が柔らかく、口数も少ない女性だった。

どんな言葉を交わしたかは忘れてしまったけれど、嫌味のない気遣いをする女性だと、真帆は思った。

「博之は宝くじに当たったようなものね。ああ見えて、綾乃さんって少し天然のところがあるから、気難しい博之ともうまくやれるのよね……」

この話の続きは、毎回同じなのでもうすっかり覚えてしまった。

白滝をずるずると啜りながら、真帆は頭の中で暗唱する。〈……人生、明日何が起きるか分からないもの。私にも良い出会いがあるかもしれないし、真帆も頑張るのよ、婚活！〉

「……ね、真帆も頑張るのよ、婚活！」

ほぼ記憶通りの言葉を言い終え、曜子は納得したように頷いた。

「だから、私は婚活なんてしてないってば」

「三十過ぎたらあっという間に四十になるんだから。イイ男は若い子に取られちゃうわよ」このやり取りも、いつもの流れ……。

とりあえず、真帆の周辺は穏やかだ。

さしたる感動や落胆もなく、するすると滑るように日々が流れて行く。

三階の自室に引き揚げると、ベッドに放り投げてあったバッグの中で携帯の着信音が鳴った。

『先ほどは勉強会の最中だったので、メールを打つ余裕がなくて失礼しました』

いきなり感情の薄い有沢の声が聞こえてくる。

「ううん。出席してもらえるなんて思ってなかったから嬉しいよ」

そう言いながら、まだ吾妻に連絡を入れていなかった事に気づいた。

結果は吾妻の願い通りになったのだから、少し焦らしてやろうと思う。

『古沢巡査って、私、面識ありませんけど大丈夫ですか？』

「大丈夫って、何が？」

『この間みたいに、妙な雰囲気になるのが嫌なんです』

一瞬何の話かと思ったが、すぐに思い出した。

昨年末、《府中専門学校生ストーカー殺人事件》という未解決事件の捜査資料に疑問を持ち、有沢や吾妻を巻き込んだ時のことだ。

事件は一昨年の冬に起こり、当時、捜査にあたった一課の刑事から情報を得ようと、吾妻に合コンを企画させたのだ。

「大丈夫だってば。今回は合コンじゃないし、有沢さんのキャリアにドン引きするような連中じゃないから……」

その合コンの際は、有沢が警察庁から出向している警部だと自己紹介した途端、その場に気不味い空気が流れたのだった。

けれど、彼らからの情報を元に再捜査した結果、真犯人を検挙することができ、何より、その成果が認められて有沢は警察庁に戻ることになったのだ。

「……ていうか、古沢さんの他にもうちの署に面識ある人なんていないじゃない？」

少し間があり、有沢は少し得意げな声を出した。

『新堂警部補は、私の職場で以前お会いしたことがあります』

「え……班長と？」

『ええ。新堂警部補は、うちの企画課の課長と警察学校の同期らしいですよ』

有沢の現職場は、刑事局刑事企画課情報分析室だ。

「それ、いつの話？　班長が何の用事で……」

『先月の初めです。お二人で珈琲を飲みながら談笑されていましたから、私的な訪問だったのかも知れません』

ふうん、と相槌を打つが、同期の仲とはいえ私用で相手の職場を訪れるという行為は新堂には似合わなかった。一瞬の沈黙の後、改まった声で有沢が言った。『重丸係長も新堂警部補と同期でしたよね』

「うん。班長は、同期で出世していないのは自分くらいだって言ってた」

新堂も重丸と同じく階級は警部補だが、所轄署所属と警視庁所属ではその後の出世コースに乗るスピードに差が出てしまうものだと、以前新堂が言っていたことを思い出す。

『そんなことないです。刑事局内でも、新堂警部補はかなり有名らしいですよ』

「ウソ！　何で？」

『さあ、そこまでは知りませんけど』

知らないのかよ……そこ一番大事だろうがと思ったが、無論言わなかった。

それより……と、有沢が再び声のトーンを変えた。

『重丸係長は最近も外出は多いですか？』

「多いとかのレベルじゃないよ。週に二日くらいしか顔を見ないもの」

『先週、企画課の会議にそちらの捜査一課長が出席していたんですけど、会議の後にうちの課長と話していたのが耳に入って……』

会話の内容は、重丸の勤務態度が警視庁内で問題になっているというものだった。

『免職とか早期退職という言葉も聞こえたので、係長、かなりまずい立場だと思います』

重丸の単独行動は、今に始まった事ではない。

二年前までは歴とした一課の敏腕刑事だったが、現在の勤務態度は真帆が配属される以前から日常化されていて、七係という閑職に就くことになった原因とされるある事件と無関係ではないと、以前から有沢が言っていたことを思い出す。

重丸が捜査指揮を任され、結果、部下である巡査一名が負傷し、犯人を取り逃した未解決事件だということは、真帆も七係に来る前に新堂から聞かされていた。

「やっぱり、あの事件が関係しているのは確かだよね」

『私も七係に配属になってすぐに係長に訊ねましたが、捜査本部も解散していないから捜査資料もまだ正式には作成されてないと仰ってました』

有沢は不審に思い資料データを探してみたが、重丸の言葉通り、未解決事件のファイルの中に見つけることはできなかったという。

『係長にとっては古傷ですから、それ以上訊くのは気が引けてやめてしまいましたが、うちの課長に訊いても、特例もたまにはあるからと濁されてしまって』

未解決事件は他にも山積しているが、捜査本部が存続している事案はそう多くはない。存続しているという事は、特に重要な事案だという証なのだ。捜査資料が作成されていないなどということは本来あり得ない。

「ちょっと待って……確か、私が七係に来る前に班長から聞いた話が気になって、係長のその事案の捜査資料を読んだ記憶が……葛飾区で起こった強盗傷害事件だよね？」

『葛飾……？』

二年前の未明、葛飾区新小岩のコンビニに強盗が押し入り、店長を刃物で脅して金を奪って逃走。近くの空き家に立て籠もったが、昼過ぎに捜査官が部屋に突入し犯人を確保。その際指揮を執っていた捜査官の判断ミスが原因で若い警官が負傷した。

「係長はその責任を問われて捜査一課から七係へ異動になったのよね？」

『違いますよ、係長は葛飾の事件とは関係ありません』

即座に有沢が声を張った。

え……？

「どういうこと？」

『係長が関わったのは、その事件と同日に発生した世田谷区の誘拐事件です』

「誘拐事件？」

『ええ、間違いないです。刑事局内部では、密かに《世田谷でドジを踏んだ重丸》と呼ばれていますから』

それを耳にした有沢がその事件の捜査資料を探したが、どこにも保存されてはいなかった。ただ、事件発生記録のファイルにだけ、《世田谷区乳児誘拐事件》の発生日時の記載があったという。

「……でも、うちの班長は確かに葛飾の事件が原因だって言ってたんだけどな」

『変ですね。何か理由があって、上はそういうことにして未解決事件だということを隠蔽したいのかも……事件の捜査関係者にあたっても誰も真相を話してくれませんでしたし。おそらく捜査員たちにも箝口令が敷かれているんだと思います』

それで……と、有沢が珍しく息を弾ませた。

『ちょっと裏技を使って、その極秘資料を手に入れたんです』

「え？」

『ただ、事件の詳細だけで、関係者の供述調書などは見せてもらえませんでした。今からスキャンしたデータを送りますから、読み終わったら電話をください』

今から？

時計を見ると、すでに22時を回っている。

けれど、アルコールで弛緩していた脳がいつの間にか覚醒し、真帆は体の中で何かが蠢き始めるのを感じていた。

∵

《世田谷区乳児誘拐 及び 二億円強奪傷害事件》

発生日時　202×年　9月23日　13時20分
発生場所　渋谷区神宮前4丁目　表参道ヒルズ内　セレクトショップ［マリンブルー］
被害者　世田谷区在住　大手学習塾［ブロッサムアカデミー］経営　桑原和也　サツキ夫妻の長女　夏未（当時、生後四ヶ月）

［事件発生］
当日は連休最終日ということもあり、表参道ヒルズ内は多くの客で混雑していた。
桑原サツキ（三十四歳・主婦）は、娘の夏未と共に［マリンブルー］を訪れていたが、眠っていた夏未をベビーカーに乗せたまま一人で試着室に入った。
約5分後、試着室から出てきたサツキがベビーカーの中に夏未がいないことに気づき、店員たちと共に周辺を捜し回り、同時に110番通報。（13時24分）
通報を受けた南青山署から警察官が駆けつけ周辺を捜索したが見つからず、館内や周辺道路の防犯カメラを回収したところ、黒いレインコートとベージュのキャップ、黒ぶちメガネの男がベビーカーから夏未を抱きかかえ、急ぐ様子も見せず、ゆっくりとヒルズを出て原宿の竹下通りに入って行く姿があった。

男は通り沿いのアクセサリーショップ「ベリー&ベリー」の中に入って行くが、それ以降全く姿を現さなかった。

原宿駅周辺、駅構内、近隣の防犯カメラの映像も回収され、豪徳寺の桑原宅には所轄署の世田谷北署の捜査員十名が待機。

事件発生から約四時間後の17時6分、加工された男の声で身代金二億円を要求する電話がかかってきた。

夏未は無事であること、現金は直ちに用意すること、人質との交換については翌日に連絡をするという内容。

(後に、この時の電話は東京駅構内の公衆電話からのものであることが判明→防犯カメラの死角)

18時、世田谷北署に捜査本部を設置。

警視庁捜査一課から横川管理官、重丸警部補、他二十名の捜査員が参加。

事件発生現場を管轄する南青山署からも十名参加。(総数六十名)

翌朝7時、犯人から入電。

人質と現金の交換には、父親が一人で来ること。

現金は二つのリュックに入れ、電車で移動すること。

受け渡しは、同日14時・横浜中華街内。

中華街入り口の朝陽門に到着後は、携帯（桑原和也名義）に連絡を入れると言い、桑原和也の携帯番号を問う。（この時にかかってきた犯人の携帯は、いわゆる飛ばしケータイである）

この電話から数分後、桑原の会社の代表メールアドレスに犯人からのフリーメールが届く。

メールには、ソファで眠る夏未の画像が添付されていた。

（7時の電話で、桑原サツキが夏未の無事を確認したいと犯人に訴えた事による）

13時50分、横浜中華街の朝陽門に、桑原和也ではなく捜査一課の刑事である杉藤芳樹巡査が到着。

桑原和也は、先代の急死でいきなり社長に就任し、その重圧からパニック障害を発症していたため、当日は年齢も近く容姿も似ている杉藤巡査が身代わりとなる。（帽子とサングラスで変装）

以上は捜査指揮を任された重丸警部補の指示による。

杉藤巡査は二つのリュックに詰めた20kgの現金二億円と桑原和也の携帯電話を持ち、

犯人からの連絡を待った。その周囲に私服の捜査員（重丸警部補を含む二十名）が張り込む。

14時02分、犯人から入電。

杉藤巡査は中華街に入り、飲食店が並ぶ細い路地を進み、数分後、貸店舗の張り紙がある店頭にあったプラスティック製のゴミ箱にリュック二つを投げ入れ、さらに数軒先の［中国茶房　竜王（りゅうおう）］に向かった。（電話による犯人からの指示）

重丸警部補を先頭に捜査員たちが杉藤巡査が入った店に向かうと、店内から客の悲鳴と共に一発の銃声がした。

逃げ出してくる客に逆らい店内に駆け込むと、床に杉藤巡査が倒れており、逃げ惑う客の間に拳銃（けんじゅう）を構えた男が立っていたが、捜査員に気づき、すぐに裏口から飛び出した。複数の捜査員が観光客で溢（あふ）れる路地を逃走する男に追いつき、背後から飛びかかり拳銃を奪うも、男は振りほどいて逃げ、人混みに紛れて行方をくらました。

重丸警部補は杉藤巡査の傍らに転がる夏未を保護。被弾した杉藤巡査は意識があるものの、重傷であった。

現金二億円の入ったリュックを投げ入れたゴミ箱は、金の重みで底が抜けるように細工されており、下は下水道に通じていた。捜査員が確認した時は、現金はすでに何者かに回収された後だった。

杉藤巡査はすぐに病院に搬送され銃弾の摘出手術を受けた。

摘出されたのは一発の9ミリ弾。背中から入り、脊椎（せきつい）を粉砕していた。

押収した拳銃は鑑識で分析中。残弾は無い。

杉藤巡査は夏未を救い出すために店内に入り、店奥に置いてあったベビーカーから夏未を抱きかかえて店外に出ようとした瞬間、背後から撃たれた模様。

店内は観光客で混雑していたため、撃った男の顔は見ていない。（杉藤巡査の事情聴取より）

（付記）

捜査本部は世田谷北署に存続しているが、担当する捜査官は他の事案に駆り出されることが多く、事実上機能してはいない。

２０２×年現在、犯人たちの特定や拳銃の出所、二億円の行方も不明のままである。

∵

読み終えて、真帆はペットボトルの水を一気に喉（のど）に流し込んだ。

〈ちょっと裏技をって……〉

どんな技かは見当もつかないが、キャリアの特権を駆使したというより、直属の上司や身近なキャリア警察官など、有沢の周囲の者が協力をしたのだろうと思った。

それにしても、想像していた事件とはまるで異なる内容に真帆は驚いた。事件が起きた頃、真帆は荻窪東署の刑事として杉並(すぎなみ)区内で発生した放火殺人未遂事件の捜査にあたっていた。確かに、世田谷区で誘拐事件があったことは薄(うっす)らと記憶にあるが、目の前の事案に奔走していて関心を持つ余裕がなかった。

刑事になって半年を過ぎた頃で、相棒の古沢に翻弄(ほんろう)されていたせいもある。

七係への出向を新堂から告げられた時、その部署がこれほどの閑職だとは聞かされてはいなかった。係長の重丸についても、最前線の現場から外された理由を簡単に教えてくれただけだった。

『俺の同期の中で一番優秀な刑事だ。刑事としての勘は一流なんだが……そこらのオッさん刑事よりずっと気が強くて、刑事課では〈トラ丸〉って呼ばれてるんだ。食われないように気をつけろ』

真顔で言ってから、新堂は豪快に笑った。

食われるも何も、真帆の知っている重丸は穏やかな保育士のような人柄だ。

今年中学生になった長女と小学五年生の次女、そして、売れない漫画家の夫との四人家族だと有沢から聞いていた。その事件の前までは、一課の敏腕刑事として数々の凶悪事件の解決に尽力し、確実に結果を出してきたということも。

いつだったか、重丸、有沢と三人で珈琲(コーヒー)を飲んでいた時に、また現場に戻ることはないのかと尋ねた事があった。

『そういうの、疲れちゃったのよね。家庭と仕事の両立なんて、口で言うほど楽じゃないわ。家族を犠牲にしてまで検挙率を上げることに情熱を持てなくなっただけ……』

確か、重丸はそんな風に言ったと記憶している。

その時、刑事として自分は何に情熱を持っているのだろうかと、真帆は一瞬だけ考えたような気がする。その答えは明確ではなかったが、仕事のノルマを完璧にこなす有沢や、今はともかく、自分と同じくらいの年齢の頃からすでに一課で活躍していたという重丸が眩しく感じたことを覚えている。

〈それにしても、こんな大事件の詳細がなぜ公にならなかったんだろう……〉

捜査資料のデータを保存した瞬間、手元のスマホが高らかに鳴った。

『椎名さん、もう読みましたよね？』

読み終えたら電話をすることをすっかり忘れていた。

『絶対に流出させないでくださいね。バレたら私の将来が無くなりますから』

「裏技って……盗んだとか？」

『知り合いからちょっと借りただけです。もう返却しましたし』

しれっと答え、『出所は椎名さんにも言えません』と釘を刺した。

『この事件は警察発表でも係長や負傷した巡査の氏名は公表していませんし、被害者からの強い要望でマスコミにも詳細な説明はなかったらしいんです。それってどう考えても尋常じゃないですよね。絶対何かあるんです』

「でも、そんな曖昧な発表で、マスコミが納得するかな」

『事件直後は大物政治家の収賄事件が発覚して大騒ぎでしたから、人質を無事に取り返すことができた事件は、マスコミにとってはネタ不足だったんだと思います。ネットでもそれほど大きなニュースとしては扱われませんでした』

　人質が解放されても、警察官が銃弾で負傷し、二億円もの大金が奪われた事件だ。それを奪って逃走した犯人が未だ特定されていないというのに、ネタ不足……。

『一課の捜査員が唯一教えてくれたことがあるのですが、事件前に、「ブロッサムアカデミー」の元講師だという者が不当解雇を訴える書き込みがあったらしいです。でも、事件後すぐに削除されたようです』

「その元講師が容疑者……？」

『容疑者なら、とうに逮捕してるか、逃亡中なら全国に指名手配されてるはずです』

「だよね。でも、それすら公表されてなかった……」

『ええ、それに二億円が奪われたことも公表されてはいないんです。これも被害者からの強い要望だったらしいですが、常識ではあり得ない事です』

「上の口を封じるだけの裏金提供があったとか……二億円の出所を追及させないために」

　いつか見たドラマの筋書きを冗談めかして言うと、有沢が真面目な声で答えた。

『ええ。警察だって見返りもなしに個人企業に手を貸すことなど有り得ませんからね』

「でも、こんな大事件の責任を取らされたのに、なぜ係長はその時点で懲戒免職にならなかったんだろう……なのに、今更処分って？」

『そこなんです。おそらく、新堂警部補ならその理由を知っているかもしれないと』

「あ……だから？」

　有沢が出席する理由が分かった。

『ええ。重丸係長と新堂警部補は同期ですよね。同じく同期とはいえ、うちの企画課長に訊くわけにはいきませんし。椎名さんに協力してもらわないと……』

　確かに三人は警察学校の同期であり、真帆の出向は、特に新堂と重丸の関係が密であることを示していた。

「了解。でも、あなたは何でそんなに係長のことを……」

『だって！』

　真帆の返事に被せ、有沢は、ガラリと口調を変えて言葉を続けた。

『係長は免職になるかもしれないんですよ。確かに、ろくに仕事もしないでオヤツばっかり食べているおばちゃんですけど、私、救われたんです。あの大らかさに。椎名さんのいい加減さにも、もちろん救われましたけど』

　あはは……と、一応ここは笑い飛ばす。

『私、こういうモヤッとしたこと大嫌いなんです。椎名さんだってそうでしょう？』

「まあ……ね」

少し意味合いが違うと思ったが、確かに、重丸が懲戒免職になれば真帆も穏やかではいられない。それに、新堂が真相を知っていながら偽りの情報を自分に伝えたというなら、その理由も気になった。

『じゃ、終電逃すとタクシー代自腹になってしまうので失礼します』

送別会では、新堂から真相を聞くまでは必要以上に飲酒をしないこと、と念を押して有沢は電話を切った。

〈終電……まだ職場にいたのか〉

過酷な労働の中でも重丸の事件を明らかにしようとする有沢の熱意に圧倒される。けれど、いつの間にか真帆自身もその事件に頭を占領されていた。

世田谷区乳児誘拐事件、と入力して検索をしてみるが、有沢が言ったとおり、重大事件の割には簡素な記事が幾つかあっただけで、コメントの書き込みも多くはなかった。

事件発生当初から少なかったのか、あるいは削除されたのか――。

明らかに警察上層部からの圧力を感じる。

それは、有沢と話したように、以前から噂されている警察の組織的な裏金作りに繋がるものかもしれない。

有沢が新堂と初対面の挨拶を交わしたのは、刑事局企画課だったと言った。

〈刑事局の企画課長も同期……〉

企画課長と新堂、そして重丸。

企画課長と新堂も、同期の重丸のために何かを画策しているのか……？
考え始めると頭の芯が疼き、久しぶりに真帆は鎮痛剤を手に取った。

告発Ⅰ

最後まで残っていた小学生の女児が退室すると、彼は部屋から続く給湯室に向かった。

大学卒業後は喫煙の習慣はなかったが、時々、なぜか無性に煙草が吸いたくなる。

もちろん、このビルは全館禁煙であり、喫煙者の講師は外の非常階段を使用することが多い。その喫煙者の誰かが顔を出せば一本分けてもらえるかもしれないが、どの顔とも付き合いがないので、その可能性は低い。

壁の時計は、20時40分になろうとしている。

小学生の授業は20時に終了し、この自習スペースで三人の児童が宿題に取り組んでいたが、30分ほどで全員が帰宅した。残る中学生のクラスは21時まで終わらず、一流大学を受験する高校生のクラスは22時まで続く。

それまで、この部屋に入る者はいないはずだ。

煙草は諦め、緑茶のティーバッグが入ったカップに湯を注ぐと、彼は窓際のデスクに腰を下ろして弁当を開いた。

出勤するのは週に三日。15時から全ての授業が終了する22時までだ。

それから約15分後に、事務員の若い男がワゴン車で彼を家まで送ってくれることになっている。家に着くのはおおよそ20分後の22時半過ぎだ。

勤め始めた頃は帰宅してから夕食を摂っていたが、深夜に胃が痛み出すことが多く、妻の提案で弁当を持たされることになった。

手作りの弁当は有り難かったが、静かな室内に響く自分自身の咀嚼音を聞くことには未だ慣れることができない。

今までに月に一度か二度、受験期には数度、小中学生の何人かがこの部屋で弁当を食べる姿を見ることができた。大半の塾生は教室内か近くのファストフード店で食事をすると聞いていたので、最初は少し嬉しかった。

けれど、ほぼ全員がスマホゲームや参考書を眺めながらの食事風景で、話しかけてもろくに返事もしないから、一人で食べているのと変わりはなかった。

彼自身も中学受験のために進学塾に通った経験があるが、その遠い記憶の中にある塾の雰囲気は、これほど殺伐とはしていなかった。

〈この子たちは、いつ、どんな時なら無邪気に笑うんだろう……〉

そんな余計なことを考える自分は、塾の講師などには向いていないのだと彼は思う。

できれば転職したいと常々考えているが、妻の顔が浮かんで行動には起こせないでいる。

誰とも会話をすることなく、ただ食べるだけの時間はとてつもなく孤独だからできるだけ早く済ませたいのだが、それもどこか妻を裏切るような気がして急ぐことはできないでいる。寂しさに罪悪感がプラスされてしまうから……。

それでも僅か数分で食べ終えて、壁の時計を確認する。

20時57分。３分後には中学生の授業が終了し、その中で22時までの自習を希望する生徒が入室してくるはずだ。彼は、それらの生徒たちの学習相談に乗るのが主な仕事だ。

それまでの時間は取り立てて何もすることがない。

『塾生のカウンセラーだと思っていてください。中には気の弱い生徒もいて担任の講師に質問できない子もいますし……勉強以外にも何か悩んでいる様子が見られたら聞いてあげてください。話を聞いてくれる先生がそこにいるだけで、生徒たちは安心するんです』

初めてこの塾を訪れた時、塾長の女にそう言われて気が重くなったが、今までに面倒な相談をしてくる塾生は一人もいなかった。

入室するのは、いつも決まった顔ぶれの男子中学生だ。

授業中に理解できなかった内容を訊いてくる者がたまにいるが、学校の宿題をしたり、自宅では禁じられているスマホゲームや漫画を見たりする者が殆どで、中には机に突っ伏して仮眠を取る者もいた。

それでも、多い時で五人くらいのものだ。

彼はそれらの塾生の名前をあえて覚えない。必要がないからだ。

半年ほど前の勤務初日、入室した女子中学生に向かって自己紹介をし、氏名を尋ねた時のことだ。

その女子はあからさまに嫌な顔つきになり、『関係ないじゃん……気持ち悪い』と呟（つぶや）いた。

その言い方を相席していた別の女子が窘（たしな）め彼に笑顔を見せたが、その女子もそれ以上彼に話しかけて来ることはなかった。

男子にも無視されることが多かったが、最近は時々話しかけてくる者が二人ほどいる。

参考書の漢字が読めないとか、タブレットの操作について訊（き）いてくるような、特に彼でなくてはならないという質問ではないし、決して友好的な態度ではないけれど。

その二人の名前も、彼が覚えることはない。

必要以上に親しくならないようにと言われていることもあるが、その二人の間で名前を呼び合うこともないから、知る機会がないのだった。

21時過ぎに、今夜も三人の中学生が入室してきた。

見覚えのある男子たちだが、模試が近いせいか誰一人彼を見ようとはしない。

それぞれが無言でスマホやタブレットに見入り、22時前に全員が退室すると、すぐに事務員の男がにこやかな顔を見せた。「今日は渋滞しそうだから早めに出たいんスけど、いいっスか？」

男の実際の仕事は備品の調達や設備の管理が主であるが、彼が勤務するようになってからは、彼の送り迎えもこの男の職務のひとつになっていた。
この男は、彼を先生とは呼ばず、上の名前で呼ぶ。
初めはそのことが少し気になったが、最近はその方が気楽で良いと思うようになった。
今夜も家に到着するまでの20分間、彼は男と話す内容を頭に思い浮かべる。
一昨日は男の馬鹿馬鹿しい世間話にうっかりと乗ってしまい後悔した。
距離を縮めるためにも必要なことだが、気を緩めてはならないと自分に言い聞かせる。
この職に就いた本来の目的を忘れないために。

捜査 Ⅱ

「では、古沢巡査の早期退職を祝い、僭越（せんえつ）ながら、私、吾妻巡査部長が乾杯の音頭を取らせて頂きます。古沢巡査のご功労に敬意を表し、益々のご健勝と……」

吾妻がビールグラス片手に声を張ると、すでに焼酎（しょうちゅう）のお湯割りに口をつけていた古沢が、吾妻の声を中断させた。

「吾妻、乾杯は皆揃ってからにしようや。とりあえず飲もう！」

西新宿にある居酒屋の個室に、主賓の古沢、新堂、幹事の吾妻と真帆、そして有沢が顔を並べた。古沢の相棒である山岸（やまぎし）巡査や新堂班の若手刑事三人は資料作成の残業があり、後から合流することになっていた。

はあ……と不服そうな顔で座る吾妻のグラスに、真向かいに座る新堂がビールを注ぐ。

「ま、フルさんは堅苦しいことが嫌いだから」

「でも、せっかく有沢警部にも来てもらっているし……」

吾妻は、真帆を挟んで座る有沢に笑顔を向けるが、有沢もすでにハイボールに口をつけていた。

「私のことはお構いなく。憧れの新堂班の集まりに呼んで頂いて光栄です」

にこやかに笑顔を返し、有沢は古沢に目礼する。

「憧れ？　この班が？　何でまた？」

「有沢警部は班長のファンなんですって」と真帆が口を挟む。

「ファン？　班長の？　何でまた？」

新堂と有沢を交互に見て、「警部も物好きだな」と、古沢がガハガハと笑う。

「有沢さんって、ファザコンだっけ？」

吾妻が真帆に顔を寄せて囁いた。

「班長のことは、有沢警部が七係にいる時に重丸係長から良く聞かされていたんですよ。警察学校時代の話とか……」

真帆は吾妻を無視して新堂に言い、有沢と目を合わせた。

「そうなんです。ですから、企画課でお会いした時、何だか以前からの知り合いだったように感じてしまいました」

「重丸がまた変なことを言いふらしたんだろ？　あれは昔から誉め殺しが得意なヤツだったからな」と、新堂は満更でもない顔をして言った。

久しぶりに会う新堂は、少し痩せたように見えた。

元々肉付きの良い体格ではなかったが、真帆が荻窪東署にいる頃より明らかに頬が細くなったような気がする。

「カミさんが息子にかかりっきりで、ろくな飯を食べさせてくれないんだ」

本気とも冗談とも取れる言い方をして焼き鳥を頬張る新堂の横で、焼酎一杯ですでに赤ら顔になった古沢が笑う。

「そりゃ、いつ帰ってくるか分からんような亭主なんかより息子の方が大事だもんな」

新堂の一人息子は、確か中学三年生のはずだ。

「フルさんとこも、息子さんが一人いるんでしたよね？」

大学生の長男は警察官にだけはなりたくないと言っていると、真帆は聞き込み捜査の休憩時に古沢から聞いたことがあった。

「ああ。息子は製薬会社に就職が決まって一人暮らし始めたんだけどな、これでヨメも息子離れするかと思いきや、アパートの掃除や洗濯の世話まで始めやがって……まあ、俺も今までどおり自由でいられるから楽っちゃ、楽だけどよ」

「それで、フルさんは早期退職して実家に戻ろうと考えたんですね？」

「まあね。田舎のジジババがめっきり弱ってきて、弟夫婦が跡取りなんだけど……」

少し酔いが回ってきたのか、古沢の話が長くなる。

「……で、俺が定年までこっちにいる間に二人とも死んじまったら後悔するかも、なんてな」

「フルさん、優しいんですね、そんな顔してても」と吾妻が感心したような声で言う。

「そんな顔？　そんな顔って、何だ……？」

「いや、だから……」

古沢は吾妻に任せることにして、真帆はようやくレモンサワーを一口飲んだ。

「班長の息子さん、来年は高校受験ですか……そういえば、重丸警部補の娘さんも私立の有名中学に入学したそうですね」

真帆の隣に座る有沢が、新堂の顔を覗き込むようにして口を開いた。

「そうなのか。重丸は地頭が良いから娘も優秀なんだな。羨ましいよ」

「班長んちの息子の志望校だって都内トップクラスの高校だって言ってなかったっけ？羨ましいってことはねえだろう」

二杯目のグラスを手にした古沢が口を挟み、いつの間にかその横に座っていた吾妻が有沢に笑顔を向けた。

「有沢警部はT大附属高校をトップで卒業されたんですよね？　すごいなぁ！」

「いえ、小学生の頃から強制的に進学塾に行かされてましたから、単に訓練の結果です」

「またまた、ご謙遜を。進学塾って入るのにも試験があるっていうじゃないですか？」

「『ブロッサムアカデミー』は別に試験なんてありませんよ」

え……？

〈有沢もあの塾に通ってたのか……〉

その名前に、同じように新堂が反応したのを真帆は見逃さなかった。

有沢がシリアスな顔を新堂に向けた。

「重丸警部補が一課から外された二年前の事案について、新堂さんにお聞きしたい事があるのですが……」

ん？　と、新堂が有沢と真帆を順番に見た。

こういう質問を躊躇なくぶつけるのは有沢の得意技だが、今日は古沢の送別会だ。二次会辺りでゆっくり話を聞こうと思っていた真帆の心臓が小さく跳ねた。

桑原が経営する塾の名前をわざと出したのも、当然有沢の策略だと思った。

新堂は、普段の鷹揚な態度からは想像しにくい細やかな神経を持っていることを真帆は知っている。そして、常人には無い勘の良さを持ち合わせていることも。

「幻の捜査資料を手に入れた……とか？」

一瞬だけ真顔になった新堂だが、すぐに柔和な目を有沢に向けた。

「なぜあの資料が極秘書類なのか、なぜ重丸警部補が責任を取らなければならなかったのか知りたいんです」

何の話だ？　と目を合わせてくる吾妻を無視し、真帆も有沢に続いた。

「確か、班長は葛飾区で起きた強盗傷害事件が原因だって私には言ってましたよね？」

真帆が新堂に少し顔を近付けると、有沢が被せるように言葉を続ける。

「新堂警部補、本当は世田谷の事件だったことはもちろん知ってらっしゃいますよね？」

「班長、それって……あのワケありの？」

古沢がとろんとした目を新堂に向けた。

新堂は古沢に頷(うなず)き、小さく息を吐いた。

「訳あり事案は椎名の好物だし、真相を知ったら何をするか分からんからな。偽の情報を伝えて悪かったが、重丸にも口止めされていたんだ……」

やっぱり、こういうことになるよな……と、新堂は軽く笑った。

「いえ、有沢警部が世田谷の事件の極秘捜査資料を入手してくれたので……」

あのファイルを読むまでは、真帆はただただ退屈な日々をボヤいていただけだ。

久々に背筋を伸ばすことができたのは有沢のお陰だ。

「一応断っておくが、ここだけの話ということにしてくれ。重丸をこれ以上あの事案で立場を悪くさせるわけにはいかないからな」

「分かりました。ただ、重丸警部補の勤務評価が問題になっていて、退職か免職に追い込まれるかもしれないという話を耳にしたものですから……」

有沢はまだ一杯目のハイボールで口を湿らせただけで、新堂に話の先を促している。

会話に加われず拗(す)ねた顔で枝豆を摘(つま)んでいる吾妻に、真帆はタブレットの中の捜査資料を開いて渡す。

新堂はすでにビールの大ジョッキを二杯飲み干していたが、有沢の言葉に深く頷き、普段よりも真面目な口調で話し始めた。

「表向きは、その葛飾区内で発生した強盗傷害事件が原因とされていて、他の所轄署には事件の詳細は報告されてない。俺は重丸が閑職に回されたと聞いて、本人に直接話を聞こうと思って本庁に会いに行ったんだ」

　事件の経緯は、有沢が入手した捜査資料とほぼ同じだった。

「葛飾と世田谷の二つの事案は同日に発生し、最初は本当に葛飾の現場は重丸が担当することになっていたらしい。だが、葛飾の方は一課が出張る前に犯人確保で一件落着。その間に、世田谷の事案が発生して重丸が出張ることになったそうだ」

「葛飾と世田谷の所轄や、本庁一課の刑事にも箝口令が敷かれているっつう噂の、あの触っちゃならねえ事案のことか……」

　古沢も思い出したように呟いた。

「葛飾の方は警官も軽傷で、男を現行犯逮捕で早期解決。重丸がその事件の指揮を執って部下を負傷させたということにすり替えたのは、重丸を免職させずに懲戒処分の減給に止め、閑職に異動させることを周囲に納得させるためだろう」

「何のために、そんな……一体、誰の指示で？」

　捜査資料を読み終えた吾妻が、ようやく会話に参加した。

「それが分かれば、とっくに大問題になってるよ」と真帆は答える。

「それが大問題にならねえところが、この組織の怖いところなんだよ。なあ、班長」

「そうまでして、重丸係長を免職させなかったのはなぜなんでしょう？」

　有沢が再び吾妻と古沢の言葉を無視した。

「さあな。しかし上の判断はどうあれ、重丸は責任を十分に感じていたんだ」

捜査指揮に妥当性はあったものの、結果的に桑原和也の身代わりとして捜査に臨んだ部下を負傷させ二億円を奪われたことの責任は重大だ。本来なら重丸は辞職を迫られるはずであり、実際、重丸も辞表を提出したという。

「当時の一課長や刑事部長が受理しなかったんだ。それまでの重丸の仕事ぶりを考慮してのことだと言われたそうだが、警察を辞めた重丸が何をするか分からない、というのが本当のところかもしれない」

檻（おり）の中のトラ丸を野生に返したら、自分たちが食われるかもしれないからな、と新堂は付け加えて笑った。

〈……それで納得したのかな、係長は〉

一見呑気（のんき）そうに見える重丸だが、上の判断に簡単に身を任せるような人間ではないと真帆は思う。

「捜査本部の中に班長の知り合いはいませんか？」

捜査員の数は半数以下に削減されたが、捜査資料の付記にもあったように、捜査本部は現在も存続している。

「形だけの捜査本部だ。捜査員たちは新事案で手柄を立てることにしか関心がないから、捜査会議なんて最近では一度もないらしい」

「ひどい話ですね」

「ああ、俺や同期のヤツらは、できればアイツの免職を阻止して一課に戻したいと思っているんだ……」

有沢から聞いた、新堂と刑事局企画課長との面談も、その言葉とは無関係ではないと思った。

「拳銃(けんじゅう)は押収されたんですよね。出所は分かってないんですか？」

真帆の問いに、新堂に代わって有沢が答えた。

「捜査資料には、その拳銃の詳細も明記されていないんです」

「マル暴関係……？」

「当時の警察発表では、拳銃を押収したという事実は公表されていません。鑑識課に保管されているはずですが、そこは突破できませんでした」

それは捜査員に口を割らせるより、もっと困難だ。

「マル暴関係ならオートマチックでしょうね。リボルバーなら……」と思案顔で吾妻が言う。

「まさか警察の？」

真帆が吾妻に顔を向ける。

日本の警察で使用されている主な拳銃は、［ニューナンブM60］や［S&W M360］などの38口径の回転式拳銃だ。

「いや、杉藤巡査の体内から摘出された銃弾は9ミリだから、……警察の銃じゃないな。

9ミリ弾を使用するのは公安かSATだし、彼らが犯罪に手を染めることは考えられない。海外から密輸して闇で売買された拳銃だったら製造番号はデタラメな物もあって持ち主の特定は難しいし、仮に警察から盗まれた銃ならシリアルナンバーや刻印で出所はすぐに分かるはずですよね……それが公表されていないって……」

滔々と語る吾妻の目が異様に輝いてくる。

「そうなんだよ。警察の物だったらいくら上層部でも隠すことはできない。盗まれた事実を隠蔽しようと画策しても、必ずその責任者の足を引っ張るヤツがいるし、第一、その銃で次の事件が起きたら、上だろうが下だろうが、関わった全員が免職になる可能性もあるからな」

以前にも交番勤務の警察官が襲撃されて拳銃を奪われた事件が何件か発生し、殆どはマニアのコレクションになったか暴力団に売られたとみられるが、その拳銃で第二の事件が起きた例もある。

そのため、銃器が関わる事件は、日本の警察にとって最重要事案だ。

「ほらぁ、班長がまた痩せるようなこと持ち出しやがって。椎名、おまえってやつはどうしてそう面倒を起こすんだ？」

「え、私？」と有沢を見ると、いつの間にか有沢は黙々とグラスを傾けている。

「そうだな、今夜はフルさんの送別会だ。椎名も有沢警部も、この話はまたにしようや」

「班長、この事案、勝手に調べても……」

いいですよね？　という声は、ドヤドヤと入ってきた山岸巡査や若手刑事三人の声にかき消されたが、新堂は「どうせ暇なんだろ？」と笑いながら呟いた。

そして、真顔に戻った新堂が更に声を小さくして言った。

「俺は、他にもずっと疑問に思っていることがあるんだ」


その夜、真帆は日付が変わってから帰宅した。

居酒屋を出たのは、23時近かった。

新堂が先に帰り、へべれけになって泣いたり怒ったりする古沢を吾妻たちに任せ、真帆は有沢とタクシーに乗り込んだ。

珍しく酔い、足元のおぼつかない有沢を置いて帰るわけにはいかなかった。

吾妻が片手を上げて近寄ってくるのを振り切ったのは正解だった。たとえ吾妻が紳士的に有沢を送るだけだとしても、後で有沢に何を言われるか分からなかったからだ。

有沢は飯田橋(いいだばし)のマンションに住んでいる。

呂律(ろれつ)の怪しい有沢の道案内で、タクシーは真帆が想像していた通り、デザイナーズマンションと思(おぼ)しき瀟洒(しょうしゃ)な建物の前に停車した。

けれど、有沢の部屋のドアが開いた途端、真帆は目の前の光景に絶句した。

〈どうやったら、こんなことになっちゃうんだろう……〉

玄関の三和土にヒール靴やスニーカーが散乱し、奥の部屋へ続く廊下には段ボール箱が所狭しと積み上げられていて、その中から衣類や本などが溢れ出ている。

「新堂警部補ってカッコいいですよねぇ……」

いきなり口を開いて上がり框に腰を下ろしてしまう有沢に背を向け、真帆はそっとドアの外に出た。

たとえその場で寝入ってしまっても、この季節に風邪を引くことはないだろうと思った。

施錠の心配はあったが、有沢は空手か柔道の有段者だったはず……。

そう自分に言い聞かせ、見てはいけないものを見てしまったことを後悔した。

有沢を降ろし、そのまま駅に向かえば良かったのだ。

車内で、『椎名さん、うちに泊まってくださいよ。仕事の割り振りを決めておかないと……』という有沢の譫言に甘えるところだった。

飯田橋の駅まで走り、新宿で小田急線下りの各駅停車に乗り換えた途端、気が緩んだのか酔いが回り、うっかり狛江で降り損ねるところだった。

這うようにして外階段を上がり自室のベッドに転がった途端、なぜか睡魔は消え、先刻の余韻が蘇ってきた。

スマホの時刻表示はもうすぐ午前1時。

〈ったく……人にはあまり飲まないように、なんて言ってたくせに〉

あの衝撃的な有沢の部屋は、あまりにも普段の有沢のイメージとかけ離れていた。

〈あれだけ潔癖、完璧を絵にしたような人が、あんな……〉

人は上辺だけでは分からないものだとつくづく思う。

おそらく真帆の部屋がどれだけ散らかった部屋だとしても、見た者は驚きもしないのかもしれない。

一人暮らしの有沢とは違い、時々は曜子が掃除機をかけて空気の入れ替えをしてくれているが、真帆の私物に手を触れることは滅多にない。『真帆は片付け上手だから、助かるわ』と、幼い頃から言われて育ったから、脱いだ衣類もすぐに畳んで籐籠に入れる習慣がついている。まさしく、褒めて育てた曜子の勝利だ。

改めて、病室のように無機質な自分の周囲を眺め回す。

机とキャビネット、小さな本棚と洋服ダンス。どれもが整然としていて壁には絵画やポスターの類も見られない。女子の部屋らしいぬいぐるみやマスコットの類もゼロ。

唯一、キャビネットの上に小さな水槽がある。

趣味と言えるほどではないが、小学生の頃から熱帯魚や金魚を眺めるのが好きだった。

〈そういえば、伯母ちゃん、最近は水槽の水も替えてくれなくなったな〉

曜子が持病の腰痛を悪化させているのだろうかと思いながら水槽に目を遣ると、水底に最後の一匹だったメダカが沈んでいた。

あ……。

その瞬間、頭の中に、居酒屋で新堂が小声で言った言葉がくっきりと蘇った。

『俺は、他にもずっと疑問に思っていることがあるんだ』

その後に続いた言葉を、真帆は思わず声に出していた。

「なぜ、杉藤巡査は撃たれなければならなかったのか……」

改めて真帆も思う。

犯人は、自分を取り押さえようとしたわけではなく、人質を救出しようとした杉藤を、何故撃つ必要があったのか……背後から撃つほどの、強烈な殺意を持って？

数時間後、真帆は不機嫌な朝を迎えた。

普段より三時間ほど少ない睡眠で、一晩中嫌な夢を見ていたような気がする。

曜子とろくに言葉も交わさず、牛乳だけを飲んで靴を履いていると、背中に曜子の声が飛んできた。「今日は厄日よ、気をつけなさいね。ラッキーカラーは紫紺色だからね」

日課である水晶占いの結果だ。

〈シコン……って？〉

声に出すまでもなく、すぐさま曜子が付け加える。

「紫がかった紺色のことだからね！ハンカチでも買いなさいね」

普段なら、ありがとうと返事をするところだが、なぜかそれも面倒で片手を上げた。

ぼんやりしたまま満員電車に揺られ、のろのろと七係のドアを開けた。

「どうしたの、椎名くん。熱でもあるんじゃないの？　顔が赤いわよ」

先にデスクに着いていた重丸が、真帆の顔を見て眉根を寄せた。

「あ……おはようございます」

重丸と顔を合わすのは何日ぶりだろう。

引き出しから手鏡を取り出して覗くと、確かにいつもより頰が赤く、目も充血している。

「ゆうべ荻窪の連中と飲み会があって寝不足なんです。二日酔いではないんですけど」

言いながら、ポーチの中から鎮痛剤を取り出した。

軽い頭痛もあり、もしかしたら微熱も出ているかもしれない。

内容は覚えていないが、昨夜の嫌な夢は熱のせいか――。

「古沢巡査の送別会？」

「はい。古沢巡査をご存じなんですか？」

古沢は長年刑事として各所轄署を渡り歩いてきたベテラン刑事だ。重丸の所轄署時代に接点があってもおかしくはない。

「飲み会で新堂くんに紹介されたことがあっただけ。古いタイプの熱血刑事みたいね？」

「はい、私が刑事になって初めてコンビを組んだ人で、ずいぶんシゴかれました」

重丸は少し笑ってから「椎名くんは幸せよ」と言った。

はぁ……、と曖昧な笑いを返す。

「残念ね、早期退職だなんて。新堂くんも古沢巡査をずっと頼りにしてきたみたいだもの」

早期退職というワードが、真帆の思考を切り替える。

「あの、係長……ひとつ伺ってもいいですか？」

重丸が手元のパソコンに目を落としたまま、「珈琲はもう淹れてあるわよ。二人だけだと当番なんてどうでもいいわよねぇ」

「あ、そうじゃなくて、二年前の世田谷の事件のことで……」

キーボードを叩く音がプツッと切れて、重丸がゆっくりと顔を上げた。

「新堂くんから何か聞いたの？」

即座に真帆は首を左右に振った。

「事件の詳細をちゃんとお聞きしたいと思っていたんです。一課の刑事だった係長が、どうしてこんな閑職に異動になったのか」

重丸は黙ったまま席を立って給湯コーナーに向かい、カップに珈琲を注いだ。

ここで言い淀むと話題を変えられる恐れがある。そうなれば、今日の体力では食い下がることは不可能だと思い、真帆は早口で言葉を続けた。

「あの事件の捜査資料を有沢さんが手に入れたんです。なぜ事件の詳細が公にならないのか、本当に係長が責任を取らなきゃならなかったのか……」

「あら、有沢くんも暇なのね……そうか、捜査資料見つけちゃったのか」

「それに、係長は今になってまた懲戒免職の恐れがあると」

軽く息を吐きながら、重丸はカップを手に窓際に立った。

曇り空の薄い光が、その静かな横顔を照らしている。

「あの資料に書かれていることが事実だとしても、杉藤巡査が銃撃されたのは係長の責任ではないと思います。不可抗力です」

「でも、私が被害者の父親の身代わりを彼にさせた責任は当然あるのよ。私の独断ではなかったとしてもね」

独断ではなかった……？

身代わりは、上の判断だったのか。

「じゃあ、係長だけが責任を取らされるなんて理不尽じゃないですか。納得できません。だから、私たち……」

頭の芯がまた疼き始める。

「再捜査でもしようっていうの？　大丈夫よ。落とし前は自分でつけるわ」

そう言うと、重丸は凜とした顔を真帆に向け、声を張った。

「私だって、黙って免職になるつもりはないわよ」

初めて聞く、重丸のシリアスな声だった。

昼前に重丸が姿を消すと、入れ替わりのように有沢が現れた。

「下で係長に会いました。椎名さん、何か係長に言いました？」

「係長に何か言われたの？」

「自分の仕事に専念しろと」

先刻のやり取りを話すと、有沢が「いきなり訊いちゃったんですか」と呆れた声を出した。

〈あんたに言われたくないんだけどな……〉

「係長は、黙って免職になるつもりはないって」

「やっぱり単独で何か調べているんじゃないでしょうか。犯人を逮捕すれば汚名返上できますし、係長の行動に上も気付いて免職にしようと考えているんですよ、きっと」

未解決事件の犯人を逮捕したなら、警察上層部にとっても喜ばしいことだ。

「それなら、免職どころか係長に捜査権を与えた方がいいじゃない。それと逆のことをしようとするのは……」

「事件を解決されては困ることがある」

顔を見合わせ、二人が同じ言葉を吐いた。

「調べ甲斐がありそうだよね」

頷く有沢に、「で、何でわざわざここに？　メールか電話で良かったじゃん」

「言っておきますけど、私は係長が言うほど暇じゃありません。こちらの企画課で午後イチから夜まで捜査企画案の勉強会があるんです」

「そんなに忙しいのに、また仕事を増やして大丈夫……？」

真帆の頭に有沢の部屋の光景がまざまざと蘇(よみがえ)る。

一瞬の沈黙のわけを見破ったのか、有沢が真帆の視線を逸(そ)らして言った。

「ゆうべはちょっと飲み過ぎました。良く覚えてないんですけど、気づいたら玄関で寝ていました」

ふうん、とここはやり過ごす。

何なの、あの部屋は……とは、決して聞いてはいけない。

「で、明日からの動きは？」と、真帆は話を本題に戻した。


有沢が退室してから、真帆は久々に本来の仕事に熱中した。

鎮痛剤が効いたのか頭痛もなくなり、火照っていた顔の赤みも消えた。

〈今夜は何が起こっても早く寝る！〉

寝不足は真帆の一番の敵だ。

三件の未解決事件の捜査資料をチェックし、確認済みフォルダに入れて時計を確認すると、まだ午後の2時過ぎだった。

〈やればできるじゃん、私だって〉

体はまだ怠(だる)かったが、久々の充実感に眠気も吹き飛んだ。

七係の主な仕事は、過去十数年間に発生した凶悪犯罪で未解決事件となっている捜査資料の再確認だ。ＰＤＦで保存された年度別の捜査資料だが、紙資料からデータ化する際に生じた誤変換や、時系列の矛盾点などを修正する。

チェックした三件の事案は窃盗傷害や殺人未遂事件だったが、特に大きな問題はなく、単純な誤変換の修正だけで短時間で読み終えることができた。

登庁時は寝不足が祟って使い物にならないと思った頭が、午後からは嘘のように冴えている。

マウスから手を離し、大きく伸びをする。

珈琲を飲もうと立ち上がった時、パソコンからメールの着信音が聞こえた。

公用のパソコンにメールが届くことはほとんど無い。

たまに資料課から確認済み資料の問い合わせが来たり、総務から健康診断の一斉通知が来たりするだけだ。

差出人に新堂の名前がある。

〈班長……？〉

新堂からは、以前私用スマホに電話やメールが入ったことを記憶しているが、それも新堂の下で働くようになった一昨年の春から二度か三度だけだ。

件名と本文は空欄だが、一個のファイルが添付されている。

怪訝に思いながら開いてみると、想像もしなかったデータが現れた。

［世田谷区乳児誘拐 及び 二億円強奪傷害事件　供述調書 乙］とある。

供述調書の「乙」とは、事件の被害者及び関係者のことをいう。

それは、紙資料をスキャンしたと思われる数ページの文書だ。

データを読む前に、新堂に電話を入れる。

数回のコールの後、『ああ、どうもどうも。ええ、それでよろしくお願いします。ではまた！』と早口で言う新堂の声が聞こえ、真帆が口を開く前にいきなり切れた。

何それ……。

会議中か、会話を聞かれたくない人物が近くにいたのかもしれない。

再捜査に役立てろという意味なのだと勝手に解釈するが、新堂はどうやってこの資料を手に入れたのか気になった。

重丸の事件を調べることを伝えたのは昨夜だ。

〈班長は、ずっと以前からこの資料を保存していたのかもしれない……もしかしたら、刑事局企画課長から？〉

供述調書は、被害者家族と事件現場となった表参道ヒルズのセレクトショップ店員、横浜中華街カフェの店主の事情聴取により作成されたもので、手書きであり、正式な書類にする前の原本と見られる。

《被害者の父　桑原和也の供述》

事件発生から約30分後の13時50分、妻のサッキからの電話で事件を知りました。当日は、経営する学習塾のひとつである［ブロッサムアカデミー所沢校］にて会議中であったため、サツキからの着信は三回目で気が付きました。すぐに会議を中断し、自宅に戻ったのは15時頃でした。事件現場に向かうのではなく自宅に戻ったのは、警察からの指示で、理由は身代金目的の誘拐であれば、自宅に脅迫電話があるかもしれないと言われたからです。その後、警察官に付き添われたサツキが覆面パトカーで帰宅しました。それからすぐに成城南署の捜査員十名が到着して、犯人からの連絡を待ちました。サツキが頻繁に夏未を連れて外出することを知っている者の犯行だろうと思いましたが、周囲の人間に犯人らしき者の心当たりはなく、事件前に不審な電話やメールの類もなかったと聞いています。

夏未が無事に保護されたと聞き、心からホッとしました。二億円の損失は塾経営にとっても大きな痛手ではありますが、経営難に陥るほどの損失ではありません。

夏未を救い被弾した警察官には感謝の言葉もありません。

《被害者の母　桑原サツキの供述》

当日はサイズ直しを頼んでいたワンピースを受け取るため、13時過ぎに夏未と共に表参道ヒルズ内のセレクトショップ［マリンブルー］を訪れました。

ベビーカーの中にいる夏未が眠っていたため、係の店員に夏未を見てくれるよう依頼して、試着室に入りました。

ワンピースに着替えてサイズを確認し、再び着替えて外に出てベビーカーを覗く(のぞ)と夏未の姿はなく、眠りから覚めた夏未を店員が抱き上げてくれたのかと思いました。

けれど、その店員は他の接客に追われている様子で、その腕に夏未の姿はありませんでした。

夏未の体はセーフティベルトで固定されていて、もちろん自力で外すことはまだ不可能だと考えて店員を呼び問いただすと、店員は黒いレインコートの男が夏未を抱き抱えてあやしているのを見て夏未の父親だと思い、他の客の応対に向かったのだと言いました。

その後のことは気が動転してよく覚えてはいません。

警察官に両腕を抱えられ、ベンチに座ったことは覚えています。

夏未が狙われたのは、私のSNSへの投稿が原因かもしれません。

私生活をネットに上げることは、もう絶対にいたしません。

《［マリンブルー］店員　原田由美(はらだゆみ)の供述》

（［マリンブルー］の親会社である［株式会社 北斗商会］社員。勤続三年）

当日13時過ぎ、常連客の桑原サツキさんがベビーカーを押して来店しました。サツキさんはSNSにいつもうちの店で購入した服やバッグの写真をアップしてくれますし、そのお陰でセレブマダムのお客が増えたこともあって、大事なお客様です。

サツキさんは一週間前にも来店していて、その時にワンピースを購入しましたが、裾が長すぎたため丈つめを依頼されました。

当日は試着と受け取りのために来店していたのです。試着の際サツキさんからベビーカーで眠る夏未ちゃんを見ているように頼まれましたが、夏未ちゃんは起きる気配がなくぐっすりと眠っていました。

店内は平日より客が多く、他のお客さんの呼びかけを無視するわけにもいかず、ベビーカーから3メートルほど離れた場所に移動しました。

声をかけてきたのは男性客です。ショップはメンズファッションも展開しているので、他にも男性客は数人いたと記憶しています。

その男性客とのやり取り中に何気なくベビーカーの方を見ると、一人の中年男性がベビーカーの中から夏未ちゃんを抱き上げるところでした。

夏未ちゃんは起きているように見えましたが、泣き声も上げなかったことから、男性は父親なのだろうと思いました。その男性は夏未ちゃんを抱いたままハンガーに掛かった服を眺め始め、試着しているサツキさんを待っているように見えたからです。

男性は中肉中背で、ベージュのキャップに黒ぶちメガネをかけていて、黒いバックパックを下げ、やはり黒のフード付きレインコートを着ていました。横顔をチラリと見ただけですぐに後ろ向きになったので、顔はよく覚えていません。

少しして、サツキさんが自分を呼ぶ声がしました。

接客していた男性に断りを入れ、試着室から出ていたサツキさんのところに近寄ると、「誰が面倒を見てくれているの」と訊かれました。夏未ちゃんのことを聞いているのだと分かり、「先ほどご主人が抱っこして」と言って店内を改めて見回しましたが、あの男性の姿はなくて、その瞬間に、大変なことが起きてしまったという気持ちになり慌てて店の外に出て周囲を確認しました。

血相を変えて走り出てきたサツキさんと、夏未ちゃんの名前を呼びながら館内の通路を捜しました。

私たちの声を聞きつけた警備員が走って来て、無線を使って応援を呼び、間もなく警察官が数人駆けつけて来て、半狂乱のサツキさんを通路にあるベンチに座らせて落ち着かせようとしていました。

夏未ちゃんが拐われたのは自分のせいかもしれないと思い、私は店長や同僚と一緒に周囲を再び捜しましたが、男性と夏未ちゃんの姿を見つけることはできませんでした。

夏未ちゃんのご両親には本当に申し訳ないと思っています。

舞台が中華街になってからの供述調書を読む前に、ここまでの流れを頭に叩き込む。

この供述調書にある事件の詳細は、有沢が手に入れた捜査資料とほぼ同じ内容だ。

捜査資料には、夏未を抱えた黒いレインコート姿の男は館内の防犯カメラの映像により、慌てた様子もなく［マリンブルー］の外に出て、他の客の足取りに合わせたようにゆっくりと通路を歩き、ヒルズの外に出たことが判明したとある。

その後、表参道周辺の防犯カメラの映像から、原宿の竹下通りのアクセサリーショップに入って行ったことが分かったが、そこから先の姿は確認できていない。

〈アクセサリーショップから出てくる姿は映っていなかったということか……なぜ？〉

当然捜査員は、そのアクセサリーショップに聞き込みに行っているはずだ。

アクセサリーショップの名前は［ベリー＆ベリー］とある。

検索すると、十代、特に女子高生に人気のアクセサリーショップだと分かった。

当日は連休最終日だ。店内は若い女子で溢れかえっていたと思われる。

黒いレインコート姿の男性が乳児を抱いて入店したら、絶対に目立つはずだ。

安価で可愛らしいアクセサリーで人気のショップには、必ず常連客がいる。

ＳＮＳで目撃者情報を求めれば、店内に入った後の男の行動と行方が分かるのではないか。それが自然な考えであり、捜査本部も同じような捜査方針を立てたはずだと真帆は思った。

だが、それらの記載はどこにもない……。

仮に、男が何らかの方法で夏未と共に店外に出たとする。

何らかの方法……着替えでもしなければ、それは不可能に近い。

〈店内のどこで着替える？　トイレとかスタッフルーム……〉

店の従業員か店主であれば、そのまま閉店まで身を隠すこともできる。

〈店内はどんな構造になっているんだろう……〉

真帆は有沢にメールで供述調書のファイルを転送し、バッグを摑んで部屋から飛び出した。

聞き込み捜査は本来二人で行うものだが、有沢は夜まで捜査企画案の勉強会があると言っていた。

日はまだ暮れていない。

地下鉄の車内で、真帆は供述調書の次のページを読み始めた。

《中国茶房［竜王］店主　郭建秀の供述》
店は在日華僑二世の台湾人の父親が開業。中国茶と軽食を提供するカフェです。
当日は11時のオープンから厨房カウンターで従業員の作業チェックにあたってい

ました。従業員は中国人留学生が二人、日本人が一人います。全員アルバイターです。

最近は長くて数ヶ月、短期ではひと月も経たずに辞めてしまうので、全てのチェック作業は店主である自分が行っています。

休日明けということもあり客の減少を予想していましたが、午後1時半過ぎにタイからの団体観光客が添乗員も含め十人ほど来店しました。

一人一人の顔を認識したわけではありませんが、その観光客の中に、ベビーカーを押している男がいたのは記憶しています。集団の中に母親もいるのだろうと思いました。ベビーカーの中の赤ん坊は眠っていたので、賑やかな集団から離れた奥の席を勧めました。男は頷いてベビーカーを奥に移動させましたが、すぐに集団の方に戻り、相席してスマホを眺めていた様子は覚えています。

六人掛けのテーブル席ですが、男が他の人と話しているのは見ませんでした。

男の顔は覚えていません。中肉中背、ベージュのキャップに黒ぶちメガネをかけ、黒いレインコートにジーンズ姿でした。

しばらくして、別の男が店内を見回しながら入って来るのが見えました。

スーツ姿の日本人で、明らかに観光客ではないと分かったので、何かのセールスかと思い、私は奥の厨房に入りました。

私はあまり日本語が得意ではないので、知らない日本人と話すのが苦手です。

以前、テレビのグルメ番組で取り上げられてから、リフォーム会社や保険会社のセールスが頻繁に来るようになり、その類の営業マンかと思い、従業員の一人に、店主は留守だと言えと伝えました。そう言えば営業マンはすぐに帰ると思ったからです。

その直後でした。

店の中が騒がしくなった瞬間、突然発砲音が聞こえ、人々の悲鳴や激しい物音がしました。何事かと思い姿勢を低くしてカウンターの陰から店内を見ると、外に逃げようとする観光客の足元に倒れた男が見え、その傍らでベビーカーにいたはずの赤ん坊が泣いていました。すぐに一人の中年女性が赤ん坊を抱き起こして、周囲に向かって救急車を呼ぶようにと叫びました。

逃げたキャップの男は見ていません。カウンター脇の裏口から逃げたと誰かの声がしました。後で店内にいた二人の従業員に訊きましたが、観光客の接客に追われていて、発砲の瞬間は見ていないということでした。

貸店舗前のマンホールの上に、ゴミ箱が置かれていたことには気づきませんでした。

※

タイからの観光客や添乗員からは目撃情報は得られなかった。

全員話に夢中になっていたか、スマホを見ていたためとみられる。


読み終えて、真帆は少し目を瞑った。

今までに関わった事案は、全て捜査資料が元になった。

この事案の捜査資料も入手はできたが、どこまでが真実なのか疑わしい。

ひとつずつ解明していかなければ、到底真実には近づけないと思った。

もっと効率の良い捜査方法もあるのかもしれないが、足で稼ぐのが刑事としての基本なのだと自分に言い聞かせ、途端に小さく吹き出した。

刑事になりたての頃、古沢にそう言われてため息を吐いたことを思い出す。

〈結局、自分はフルさんに育てられたのかもしれない……〉

古沢が退職する来月初めまでに犯人を検挙できたら、少しは餞になるだろうか。

真帆は古沢のくたびれたスーツや靴を思い出し、急に胸の中が熱くなった。


「このお店って、前はアクセサリーショップでしたよね？」

真帆はカフェラテを運んできた店員に尋ねた。

「みたいですね」と、素気なく立ち去ろうとする店員に食い下がる。

た。

店員は怪訝な顔で振り返り、「それが何か？」とあからさまに面倒臭そうな顔になっ
「このお店はいつ頃開店したんですか？」

真帆が訪ねた「ベリー&ベリー」というアクセサリーショップは、「カフェ・カルミア」という飲食店に替わっていた。

引き返そうかと思ったが、店内の構造は確認しておきたかった。

店内は入り口から想像するよりかなり広かった。

中央にアンティークらしい大きなテーブル席があり、その周囲にも二人用の席が幾つかあるが、それらの椅子の種類が全て違っていて、店主の拘りを感じさせる。

真帆は上着の内側から警察手帳を取り出した。

「ちょっとお聞きしたいことがありまして……店長さんはいらっしゃいますか？」

途端に緊張した顔つきになった店員は返事もせず、足早に厨房の中に消えた。

すぐに中年の男が現れて、口元を緩めながら真帆の全身に一瞥をくれた。

「本当に警察の方ですか？」

真帆の出立は上着こそ黒いジャケットだが、その中は白いTシャツ。ボトムはストレートジーンズで、足元は少しくたびれたスニーカーだ。手帳がなければ、上京したてのフリーターに見えないこともないだろう。もともと相手のこういう反応には慣れている。

「はい。このお店の前はアクセサリーショップでしたよね。いつから替わられたのかお

聞きしたかったんです」

「あ、そういうことですか。うちの店員が何か失礼なことをしたのかと……」

男は店長だと名乗り、真帆の向かいの席に腰を下ろした。

開店したのは一昨年の10月末だという。誘拐事件があった時期から約ひと月後だ。

「前の店のオーナーは何店舗か雑貨店や飲食店を経営しているらしいんですが、中高生相手では利益が思ったより上がらないと見切りを付けたそうです。急な解約だったらしく、うちは居抜き同然で安く借りることができたんです。お陰でインテリアに費用をかけることができました……」

三階建ての古いビルの一階だ。ビルのオーナーは華僑である台湾人だと言い、前のアクセサリーショップの経営者や自分も在日華僑三世の台湾人だと言った。

華僑とは、中華人民共和国、中華民国、香港、マカオ以外の国に中国国籍を保持したまま居住する者のことを呼ぶ。

「何か事件の捜査ですか？」

「あ、そういうわけでは……前のお店だった時に、防犯カメラの台数が不適切だという通報が商店街から生活安全課にありまして……」

真帆は頭のなかで素早く作り上げた話をし始めるが、話し終えないうちに、店長の男は片手をひらひらと振り「あ、大丈夫です。うちはちゃんと警察に指導してもらいました」と、店内の数カ所を指し示した。

「先ほど、このお店は居抜きで借り受けたと仰いましたけど、トイレやスタッフルームなどもそのままですか？」

店長は一瞬、怪訝な顔をしたが、すぐに納得したように頷いた。

「スタッフルームはそのままです。トイレの中はリフォームしましたけど。もちろんどちらにも防犯カメラは付けてはいません」と笑った。

トイレは突き当たりの右奥にあるのを確認したが、中は狭く、赤ん坊連れの男が着替えるのは困難だと思われた。

厨房への入り口脇のスタッフルームに目を向ける。

「あのスタッフルームは以前のお店のままですか？」

「そうです。内装以外はそのままですよ」

「あの部屋にお客さんが間違えて入ったりすることはないんですか？」

「そんなことはないと思いますけど。プレートもありますしね」

店長は再び怪訝な顔になり、まじまじと真帆を見つめてくる。

「以前、渋谷のカフェでスタッフルームに立て籠もった強盗がいたんです。ちょっと中の構造を確認させていただいてもいいですか？」

会話が少し不自然だと思いながらも一気に言うと、店長は気軽な様子で「どうぞどうぞ」と席を立ってドアを開けた。

五畳ほどのスペースに、丸テーブルがひとつ。椅子が三脚ほどあり、コートハンガーに無造作に衣類がかけられている。壁一面に積み上げられたカラーボックスの中に漫画本や雑誌が並べられ、カップ麺(めん)や菓子類が入った籠(かご)もある。

「制服に着替える時や食事の時しか使わないんです。急に体調が悪くなったバイトの子がそのまま泊まってしまったことはありましたけど……」

店長の話の途中で、真帆はある事に気づいた。

「あのドアの先は……？」

真帆が指した奥の扉を見て、店長は何でもないように言った。

「裏口なんですけど、使うことがないんで鍵(かぎ)をかけてあります」

「あそこを出ると、道路になるんですか？」

「いや、道路というか、狭くて暗い通路があるだけですよ。付近の通りに出ることはできません。前の店主と隣(となり)店の店主が親戚(しんせき)だとかで、行き来していたらしいですよ。隣も去年までは「台北(たいほく)生活」と言うインテリア雑貨店でしたから、商品の仕入れも一緒にやっていたんじゃないですかね。まとめて輸入した方がコストを抑えられますし」

真帆の頭の中に、幾つかのワードが記憶された。

「鍵を開けて見せてもらえませんか？　ちょっと確認したいことがあるので」

時間を取らせてしまったことへの不満なのか、店長は少し不機嫌な顔つきになり、黙って壁にかけてあった鍵の束を摑(つか)んだ。

その夜は、普段よりも一時間以上も早く帰宅した。

竹下通りにあるスイーツの人気店で曜子が好きな焼き菓子を買い、どこにも寄らずに玄関の鍵を開けたが、曜子の姿はなかった。

リビングの卓上に、店屋物の丼（どんぶり）がひとつ。おそらくカツ丼に違いない。

これまでも曜子が夜に出かけることは度々あった。行き先は仲の良い従姉妹（いとこ）の家や行きつけのスナックだが、最近は隣町の博之の所が多い。

スマホを確認するが、曜子からのラインやメールも入ってはいない。

〈こういう時に限って……やっぱり今日は厄日だわ〉

タイミングの悪さに力が抜け、三階への階段をのろのろと上がって自室のドアを開けた途端、昨夜、水槽の中に沈んでいたメダカのことを思い出した。

死んでしまったと思ったが、供養もせず放置したまま出勤したことを後悔した。

昨夜、夢にうなされたのはそのせいか……。

水槽の中を恐る恐る覗（のぞ）くと、昨夜は水底で動かなかったメダカが、水面近くの水草の間からスイッと現れた。

一瞬ギョッとなり、足元から力が抜けてそのままベッドに倒れ込んだ。

〈カンベンしてよ……〉

目を瞑（つぶ）るとそのまま寝入ってしまうと思い、上体を起こしてスマホを開いた。

《時間が取れる時に電話をください》と、有沢にメールを入れながら階下に降りる。

スマホの時刻表示は19：24。有沢はおそらくまだ職場にいるだろうと思った。

案の定、しばらく着信音は鳴らず、可もなく不可もない味のカツ丼を食べ終え自室に戻った21時過ぎ、ようやく有沢から電話が入った。

「ファイル読んだ？」

『ええ。初動捜査の段階で書かれたものですね』

真帆は犯人の男が姿を消したアクセサリーショップに聞き込みに行ったことを話した。

「今はカフェに替わっていて、その店がオープンしたのは事件からひと月後。つまり、アクセサリーショップは事件直後に閉店したみたいだよ」

『そのタイミングじゃ、やっぱり事件と関係ありそうですね』

「うん。子連れの男が中高生女子でいっぱいの店内に入ったら目立つと思うし、出てくる姿が防犯カメラに映ってないとしたら、絶対にその店が怪しいと思って……」

真帆は店内のスタッフルームにあった裏口の話を伝えた。

『裏口？　でも、そこから逃走したとしても、周辺道路の防犯カメラには映ってしまいますよね』

真帆は店長の話を伝えた。

《いや、道路というか、狭くて暗い通路があるだけですよ。付近の通りに出ることはで

きません。前の店主と隣店の店主が親戚だとかで、行き来していたらしいですよ……》

『隣の店との通路？』

「店長に鍵を開けて見せてもらったんだけど、幅1メートルちょっとくらいの狭い通路で、本当に隣の裏口に繋がっていて……」

話し終えないうちに有沢の急いた声が耳に刺さる。

『じゃ、隣の店から出て行った？　でも、それでも防犯カメラに……』

「うん。映ってると思う……別人になって」

真帆の言葉に、有沢が『あっ！』と声を上げた。

自信はなかったが、真帆は自分の推理を有沢に話した。

《犯人の男は、アクセサリーショップのスタッフルームは店員に気づかれずに入りやすく、また裏口があることを以前から知っていた。

当日、男は夏未を誘拐して混雑する店内に入り、スタッフルームに潜入。その際、コートや帽子を外し、何らかの変装をして裏口から隣の雑貨店に潜入。別人になりすまして店外に出て駅方向に逃走した。

警察が回収した防犯カメラの映像に映っている可能性が高いだろうが、隣の店から出てくる客には注目していたはずがない》

『そうかもしれませんね。でも、そんなに都合よくスタッフルームに入れたんでしょうか。着替え中に従業員の誰かが入ってくる危険もありますし。それに生後四ヶ月の赤ん坊って、隠せるほど小さくはないですよね……』

有沢の疑問は真帆と同じだ。

仮に自分の仮説が事実だとしても、裏口から侵入した子連れの男が、隣の店の従業員らに気づかれずに逃走することなど可能なのか……。

隣接していたインテリア雑貨店は数ヶ月前に閉店し、その後のことはカフェの店長も知らず、現在はケーキや焼き菓子を売る人気のスイーツ店になっていた。

念のため、真帆はその店にも聞き込みに行ってみたが、個人経営ではなくチェーン店だったため、店長や店員からは以前の店の情報は何も得られなかった。

「元のアクセサリーショップの店主は在日華僑の台湾人らしいよ。親戚だったら、隣の店主も台湾の人かもしれない」

『中華街の現場の店主も華僑……これって偶然ではないと思いませんか？』

中華街の店主はともかく、原宿の二軒の店舗のどちらかに協力者か共犯者がいなければ、犯人の逃走劇は成立しないのではないか。

「せめて、警察が回収した防犯カメラの映像を手に入れることができたらいいんだけどね」

『私、週明けまでに原宿の二店舗の経営者のことを調べてみます。それと、警察が回収した防犯カメラの映像を入手する方法を考えます』

　真帆の推理が正しければ、犯行時刻の後、防犯カメラに映る隣の店から出てくる人々をチェックすることで、犯人に似た人物を特定できる可能性がある。

「調べるって……また誰かを脅すとか？」

『違いますよ！　ちゃんと正規のルートで捜査します』

　有沢が言う『正規のルート』の想像がつかない。どちらにせよ捜査自体が規律違反になるのだが、有沢の物言いには確かな自信と余裕が感じられた。

『彼らは結束が固くて、仲間を売るようなことは決してしないと思いますけど、何とか調べてみます』

「犯人が華僑と決まった訳じゃないからね」

『分かってます。でも、あらゆる可能性を潰していくことは捜査の基本ですから』

　その通りなのだが、有沢の生真面目さは王道を行き過ぎていて、何か小さな見落としがあるのではないかと、真帆は気になる。

　けれど、その見落としを拾うことが、有沢と仕事をする上での自分の役割なのだろうと考える。

　それにしても……と、真帆は改めて思う。

　企画課の仕事とキャリアの勉強会、そして、今回の極秘捜査……。

たった三歳しか違わないが、真帆は有沢の若さを羨(うらや)ましく思う。

週明けから三日間の有休を取るという有沢に合わせて、真帆も有休願いを出すことにした。もっとも、有休届けなど提出しなくても、誰も真帆の勤務ぶりには注目しないはずだし、届けを受理する重丸が登庁しているとは限らない。

「私は全然問題ないけど、有沢さんは無理しないでね」

『大丈夫です。椎名さんを巻き込んだのは私ですから……』

まずは事件の最初の舞台となった表参道のセレクトショップの聞き込みと、杉藤巡査が撃たれた中華街のカフェの聞き込みをすることに決め、ほぼ同時に電話を切った。

スマホの時刻は22:40。一時間半以上も話していたことになる。

そのまま寝てしまおうかと思ったが、階下に響く水音に気づいた。

曜子が帰宅したに違いなかった。

明日は休日の土曜日だ。たまには曜子とビールでも……。

そう思ってドアに向かった時、水槽の中のメダカと目が合った。

え……?

途端に違和感を覚え、真帆は急いで階段を駆け降りた。

「あら、気がついたの?」

洗い物をしていた曜子が、悪戯(いたずら)っぽい目を真帆に向けてくる。

「そりゃ、気づくよ……良く見たら模様だって全然違うし」

「だって、そのままにしておいたら可哀想だし、真帆だって寂しくなるかな、って」

　曜子は死んだメダカの始末をし、商店街にある文房具店から一匹分けてもらったのだと言った。

「今度はちゃんと面倒見なさいね。水槽洗うのって腰に来るのよ。真帆は昔から飽きっぽいから、結局は私が後始末しなきゃならないんだから……」

　はいはい、とやり過ごし、週明けからの有休を伝えると、曜子の顔が瞬時に輝いた。

「じゃあ、私も仕事休んじゃうかな。温泉に行きたいのよ」

「え？　私は仕事があるから伯母ちゃんとは付き合えないんだけど」

「誰が真帆と行きたいって言った？　綾ちゃんと近いうちに行こうって話してたのよ」

　あやちゃん……？

　すぐには綾乃だと分からなかった。

「この歳になると、同い年の知り合いって大事に思うようになるのよ。同窓会はだんだん回数が減ってくるし、親しい友だちも近所にいなかったら会う機会も無くなるしね……」

　曜子の話は終わりそうになく、真帆は、いつの間に曜子は綾乃を「綾ちゃん」と呼ぶほどの仲になったのかと驚いていた。

　これまでに、真帆も綾乃の店には数回訪れていた。いつも曜子に誘われての訪問だったが、カウンターの中で、漬物を切ったり汁物を盛ったりする博之の手つきを眺めるのは好きだった。

その手の動きは、博之がようやく安住の地に辿り着いたことを表しているようで、その傍らにいる綾乃の笑顔を見ることも好きだった。

けれど、相手が誰であろうと、真帆は曜子のように簡単に人との距離を縮めることは苦手だった。そういう躊躇いの中には、他人に簡単に気を許すことができない気持ちが根付いていて、自我を出す前に相手の反応を窺う癖があった。

相手に踏み込まない分、相手からも傷つけられることはなく、人間関係で心を暗くすることもないからだ。その自分の性格を厄介に思うこともあるが、簡単には変わらないことも知っていた。

その点、有沢のように、他人との距離が均一な人間は羨ましく思う。

相手が誰であろうと、有沢は有沢のままだ。

おそらく、有沢が育った家庭環境は、他人を必要以上に警戒することなどとは無縁だったのだろうと思った。

「……綾ちゃんはね、これまでずっと苦労の連続だったんだって。あのお店を開く前は家政婦の仕事をして息子たち二人を育てたから、温泉に行く余裕なんてなかったみたい。だから、ゆっくりと温泉に浸かるのが夢だったんですって」

家政婦……。

「博之も誘ったんだけど、女同士の方が気楽だろうって。そりゃあね……」

「伯母ちゃん！」

え？　と曜子が口を閉じた。

「資産家の家って、普通は家政婦さんがいるよね？」

「何よ、急に。必ずいる訳じゃないけど、セレブのお宅なら通いの家政婦くらいはいるでしょうね。今時は住み込みっていうのは少ないだろうけど」

あの桑原の家には……？

「綾ちゃんも家政婦時代は苦労したそうよ。雇い主のバアさんがちょっとボケちゃってたらしくて、綾ちゃんを泥棒呼ばわりして近所にふれまわったりすることもあったんですって……」

捜査資料には家政婦の存在は書かれていなかった。

だが、大手学習塾を経営する代表の家で、妻のサツキはSNSでその豪華な暮らしぶりを発信していた派手なセレブ妻だ。

「……だから、今が一番幸せだって。前の旦那っていうのがね……」

曜子の話に適当な相槌を打つ。

サツキのように、セレブ妻が華やかな暮らしを続けるには、日々の雑用や家事を手助け、あるいは全面的に請け負ってくれる他人の手が絶対に必要だ。

「いやよね、誰のお陰で飯が食えるのか、なんて。時代錯誤もいいとこよ……」

聞いてる？　という曜子の声に曖昧（あいまい）な返事をして、真帆は浴室に逃げた。

もうすぐ日付が変わる頃だ。

普段であれば、休日の前夜は午前2時頃までタブレットで映画やドラマを観るのだが、今夜は無論そんな気分にはなれなかった。

桑原家が家政婦を雇っているかどうかは分からない。そして、家政婦という仕事に土日の休日があるのかも分からないが、実際に桑原宅を訪れて確認したいと思った。

なぜ、桑原夫妻は事件の詳細を世間に明らかにしなかったのか。

その答えに少しでも辿り着くことができたら……。

桑原和也は一人娘を誘拐されて大金を奪われ、妻のサツキは自分の不注意で娘を危険に晒（さら）してしまった。夫妻にとってその事実は、簡単に忘れることはできないはずだ。ましてや、その事件で警察官が負傷しているのだ。

けれど、その事実の大半は警察から世間に知らされてはいないし、二年近く経とうとしているにもかかわらず容疑者の特定もできてはいないのだ。警察も桑原夫妻も、事件が未解決のままお蔵入りになることを是認しているかのようだ。

当然、桑原夫妻に直（じか）にあたっても口を開いてくれるはずはない。

だが、家政婦ならどうだろう。

真帆はこれまでの聞き込み捜査でも、饒舌（じょうぜつ）なシニアの男女から有力な情報を得ることに成功している。

それは、自分の見た目が刑事という一般的なイメージからかけ離れているからだと真帆は思っている。

小柄で痩身（そうしん）、ストレートなボブカットの黒髪。ジュニア用のファッションに着替えたら中学生に見えないこともない。相手はその自分の容姿にうっかり気を許し、口が軽くなってしまうのではないかと真帆は思っていた。

桑原家に家政婦がいなければ、家の周辺を聞き込みにあたろうと決めた。

ガードが固い地域だとしたら、女性刑事一人の聞き込み調査は怪しまれるに違いない。

吾妻の顔がチラリと浮かんだが、すぐに打ち消した。

荻窪東署の、巡査と巡査部長の業務内容にどれほどの違いがあるのかは分からないが、結果的に吾妻の足を引っ張る事は避けなければならない。

有沢は、休日中に原宿の経営者たちの身元調査と、警察が回収した防犯カメラの映像の行方を調べると話していた。その二つは確実に事件の解明に繋（つな）がる可能性が高い。

桑原家に家政婦がいたとしても二年前とは違う人物に替わっている可能性もあり、無駄足になるかも知れなかった。

だが、単に推理をしながら休日の二日間を過ごすのは我慢できなかった。

浴室からリビングに戻ると、曜子の自室である和室の扉は閉められていた。

再び三階に上がりドアを開けると、無意識に水槽に目が向いた。

ようやく居住権を認められたことが分かったのか、新入りのメダカは悠々と水草の間を泳いでいる。

〈もっと何匹か貰(もら)ってきたら良かったのに〉

ひとりは寂しいよね……。

水槽を指で突(つつ)くと、メダカは慌てて水草の中に潜り込んだ。

告発Ⅱ

信号が赤になると、運転席から事務員の男が必ず振り返る。

その男の癖なのか、それとも後部座席の彼が眠らずにいるかを確認するためか。

「それでね、ヨメと子どもが出て行ってしばらくしたら、何だかすごく気楽になって……」

男は車がスタートしてからずっと自分の話をしている。

「自由を取り戻したっていうか、生まれ変わったっていうか……目の前に広い海が現れた感じがして、すっごく今楽しくて……やっぱ俺、薄情なんスかね」

目白(めじろ)通りは、今夜もこの男が懸念した通り渋滞が始まっていて、この分だといつもの倍近く時間がかかってしまうかもしれないと彼は思った。

妻にメールを入れ、窓外の灯(あか)りの流れをぼんやりと眺める。

同じような夜を何度も繰り返していると、車内に響く声は耳の外側を通り過ぎて行くだけで、未(いま)だにこの男の経歴や居住地を覚えることができない。

勤め始めた頃は妻が車で送り迎えをしていたが、ふた月前からこの男が運転するワゴン車で通うことになった。

理由は、妻が買い物帰りに自損事故を起こしたこと。

左折が苦手な妻は、カーブの際にガードレールに接触、道路標識を薙(な)ぎ倒したのだった。

それ以来妻がハンドルを持つことはなく、車は妻の姪(めい)に譲ることになった。

「……でね、うちの塾長が言うんスよ、出会って半年も経たないで結婚なんかするもんじゃないって。仕方ないっスよね、デキっちゃったもんは……」

この男はまだ三十代初めだと聞いていた。名前は、確か……キムラとか？

「塾長は独身だと誰かに聞いたな」

彼はようやく口を開く。

「そうそう。でも噂ですけど、長年付き合ってる人はいるみたいスよ」

男はへらりと笑った。「どんな男か見てみたいスね。あんな口煩(くちうるさ)いオバちゃんと付き合えるなんて、ある意味尊敬しますよ、ほんと」

「そうだね。よほど大らかな人物か、すごく気の弱いマザコンとか……？」

少しは話に付き合わなければ、車内の雰囲気が悪くなる。

「ですよねぇ。めっちゃ年下のニート……逆に金持ちだけどヨレヨレのじいさんだったりしてね」

どちらでもいい。明日の天気よりも興味がない。

車は相変わらずノロノロと走っている。

男はいつもより口数が多い。退屈を極端に恐れるタイプなのだろう。

「そういえば、最近、ボスは現れないね」

何気なく言っているつもりだが、彼はいつも少し緊張する。

ボスとは、この学習塾を経営する取締役代表のことだ。

「また名古屋(なごや)の方に開校するらしいって塾長が言ってたから、うちに来る暇なんてないんじゃないスか？」

新宿本校、池袋(いけぶくろ)、渋谷、大森(おおもり)、二子玉川(ふたこたまがわ)、所沢、そして、彼やこの男が勤務する練馬(ねりま)校の他に新たに名古屋に開校する予定であることは、講師同士の会話から知っていた。

先代の急死で突然社長に繰り上がった二代目は、まだ四十になったばかりだ。

二十代からミュージシャンを目指してマイナーな音楽活動をしていたというが、ようやく三十代半ばにして父親の会社に入ったという人物で、何故か、グループの中では小規模な練馬校に度々顔を出していた。

「俺もボスに聞いたことあるんスよ。新宿の本校近くにライバル校ができて塾生がごっそりそっちに移っちゃったじゃないスか。んで、先生たちがやる気なくしてるって話だから、そっちの方が大事じゃないんスかって。一応ボスが顔出せば皆その時だけでもピリッとするもんでしょ？」

「ふぅん……練馬校だって、このひと月で十人近く辞めたんじゃなかったっけ」

練馬校に在籍する塾生は五十人足らずのはずだ。

「保護者からクレームが相次いで……親同士のラインで広まったみたいスけどね」

「どんなクレーム？」

「カリキュラム通りに授業が進まないとか、生徒の贔屓が激しいとか……授業の内容の割に授業料が高いとか。よくある話ですよ。今時の親はモンスターが多いから」

車がようやく見慣れた公園の側を走り始めた。

「塾生が減っているのに名古屋に開校するって、資金は大丈夫なのかな」

「銀行かなんかの借金でしょ？　ボスは資金調達にかけては天才だって噂ですよ」

「じゃあ、やっぱり練馬には活を入れに来てたのか」

彼の自宅はもうすぐだ。

「いや、ホッとするみたいっスよ、練馬校は。あの塾長を姉さんみたいに思っているんじゃないかなって事務員たちは見てますけど」と、またエへへと笑った。

「ここだけの話だけど、あれ以来夫婦仲が悪くなって、ヨメが子ども連れて実家に帰ってるらしいスよ」

「あれ以来？」と、彼は訊く。

「あ……知りません？　二年前の秋に娘が誘拐された事件ですよ。ヨメがネットで金持ち自慢なんかするから狙われたんじゃないかな。ま、ボスも寂しいのは今だけっスよ。一年も経ったら、目の前に海が広がるって！」と、今度は派手な声で笑った。

信号がまた赤になって、男が振り向いた。「知らなかったんスか？　ホントに？」

「ああ……そう言えば、うちの奥さんが何か言ってたな。塾長の親戚(しんせき)だかの講師が不当解雇を訴えてたとか？　その講師が誘拐事件を起こしたんじゃないかってネットで騒いでたとか……」

「何だ、やっぱり耳にはしていたんじゃないスか。当時は塾長も大変だったみたいスよ、いろいろ言われて。でも、デマのようだったし、子どもも無事に戻ってきたから大したニュースにはならなかったらしいスね」

カチカチとウインカーの音がして、男はゆっくりとハンドルを左に切る。

「身代金は無事だったのかな」

「俺もそれが気になって塾長に訊いてみたんスけど、二度とその話はするなって怒られちゃいました。ボスも塾長もあの事件の事はなかったことにしたいんでしょうね」

ふぅん、変な話だね、と言ったのと同時に、男がサイドブレーキを引いた。

やはりこの男はキムラという名前で間違いなさそうだ。

男がまた振り向いて言った。

「でも、ボスのこと、俺大好きなんスよ。こんな俺を雇ってくれてるんだから」

ねぇ、と同意を求めるように言い、「お疲れっス！」と片手を上げた。

いつものように門の前に立っていた妻が、笑顔で走り寄ってくるのが見えた。

捜査Ⅲ

その駅に降り立つのは初めてだった。

自宅のある狛江と同じ路線にあるのだが、今回のように目的がなければ降り立つことはなかったはずだ。

世田谷区豪徳寺。招き猫の発祥地であると言われている寺のある地域で、駅の改札を抜けると正面に巨大な招き猫が見られ、商店街の電柱や店先にも猫のイラストが貼られている。

小田急（おだきゅう）線沿いには、他にもっと有名な高級住宅街があるが、交通の便や静穏な街の雰囲気から、子育て世代に限らず、単身の若者にも人気が高い。

ネットで検索し、想像していたより庶民的な雰囲気に癒（いや）され、目的も忘れて散策をしたいような気分になる。

昭和の匂いを感じさせる庶民的な雰囲気の商店街を抜けると、寺町の風情を残す閑静な住宅地が広がっていた。

スマホのアプリを頼りに、捜査資料に書かれていた住所を目指す。

駅周辺の道幅の狭い道路は、住宅街に近付くほど広くなり、豊かな緑地もあちこちに見られた。

アプリが示した場所にある家は、周辺の戸建てより比較的新しく見えた。想像していたほど大きな屋敷ではなかったが、三階建ての洒落(しゃれ)た建物だ。玄関脇のガレージから続く庭には大小の樹木があり、芝生も手入れが行き届いているように見えた。
二、三度その前を往復し、ダメ元で門扉のインターホンのボタンを押した。すぐに応答はなく、カメラでこちらを確認しているのかもしれないと思い、真帆は警察手帳をカメラに向かって提示する。
少し間があり、低い女の声が聞こえた。『どんなご用件でしょうか』

「奥様のサツキさんですか？　少し伺いたいことが」

「奥様は外出中です。お引き取りください」

「何時頃にお戻りでしょうか」

「聞いておりません」

インターホンが切られそうな気配に、慌てて食い下がる。

「あのっ、あなたは……？」

言い終えないうちに切られたらしく、それからの応答は一切なかった。

奥様は……と言ったことから、やはり、今出た女は家政婦だと思った。

何とかしてその女と話をする方法はないか。

最初から、桑原夫妻への聞き込みは諦めている。

だが、まだ朝の9時半過ぎだ。

休日だから外出していても不思議はないが、鉄柵の中には、赤と紺の二台の高級外車が見える。他に駐車スペースやガレージは見当たらない。

一人娘の夏未は現在二歳のはずだ。子連れで外出するには車を使うことが多いに違いない。無論、夏未を家政婦に預けて夫婦だけで外出することもあるだろうが……。

〈だとしても、やっぱり車で……〉

とりあえず、一旦駅の方に戻り、どこかで昼まで時間を潰そうと踵を返すと、斜め向かいの戸建ての庭先で、真帆をチラチラ見ているその家の主婦らしき中年女に気付いた。

真帆がその顔を見ながら近寄ると、花壇に水遣りをしている手を止め、好奇心に満ちた目を合わせて来る。

「あなた、興信所の方？」

はぁ……と曖昧に返事をして笑顔を作る。

「やっぱり……あそこの旦那さんのことでしょう？　この前も私立探偵みたいな人が桑原さんの家を窺っていましたよ」

桑原和也を調べていた……？

「いえ、私は奥様のサツキさんにお会いしたくて」

咄嗟に言うと、女は顔の前でヒラヒラと手を振った。

「奥さん、ずっと前に夏未ちゃんを連れて実家に帰ったっていう話ですよ。私も最近は全く見かけないもの」

「でも、さっき家政婦さんが、奥様は外出中だと……」

真帆は慎重に話を進める。

「いえ、旦那さん一人ですよ。8時頃にお迎えの車が来て出て行かれたのを見ましたけど」

「じゃ、家政婦さんは口止めされているんでしょうかね？」

「そりゃ、あなた、あんな事件があったんですもの。去年の初め頃までは週刊誌の記者とかマスコミがいっぱい来てましたからね。あれ以来夫婦仲が悪くなったって噂ですよ」

「あの事件って、あれですか？」

「そう。夏未ちゃんが誘拐された事件ですよ。何しろ、奥さんが買い物中の出来事だったんですものね。普段は家政婦さんに預けっぱなしで出かけてるのに、ネットか何かに使う写真を撮る時だけ子どもを利用してたって。そりゃ……」

いきなり女は言葉を飲んで、視線を真帆の背後に移した。

その方向に視線を送ると、桑原宅の庭先に長身の女の姿が見えた。

目の前にいる主婦よりずっと年上に見える。

インターホンに出た家政婦に違いないと思った。

「あの方が家政婦さんですか？」

主婦は頷いて声を潜めた。

「あの事件の日も、ああして庭の掃除をしていたのを覚えてるわ。何でかって言ったら、コレですよ」

主婦はピースマークを作った指を口元に当てた。

「煙草ですか？」

「そう。家の中は禁煙だったんじゃない？　最近は吸っているのを見かけないから、きっとご主人に叱られたんじゃないかしらね」

真帆はまたそっと振り返って女を見た。

女は樹木に架けられた巣箱を掃除しているように見えたが、どこかこちらを窺っているように真帆は感じた。

主婦は真帆に視線を戻し、更に声を潜めた。

「あの人、先代からのお手伝いさんなんだけど、大奥さんが生きてた頃から先代の愛人だったって噂があったんですよ」

え……？

「それで代替わりしたら辞めるのかと思ってたら、そのままでしょう？　びっくりですよ。まあ、さすがに住み込みから通いに変わったみたいですけどね」

そうなんですか……と、うっかり主婦に顔を近付ける。

「では……何でも若い頃は劇団の役者だったんですって。先代が亡くなった頃は駅前の居酒屋で一人で大酒を飲んで道路で寝ちゃったりすることもあったんですって。でも、あの事件の前は良く夏未ちゃんを連れてこの辺を散歩したり、庭で遊んだりしていましたよ。あの派手な奥さんがろくに育児もしなかったから……」

劇団の役者……大酒飲み……？

〈いや、それよりも先代の愛人って……〉

「あの方のお名前はご存じですか？」

「さあ。いつも不機嫌そうでろくに挨拶もしないし……」

少し考えてから、「ケイコさん、とか旦那さんが呼んでいたのを聞いたような気がするけど、違うかもしれないわ。この辺じゃ、〈桑原さんとこのあの人〉で通っているから」と苦笑した。

先代の愛人だったかもしれない家政婦が未だにこの家にいるということは、その息子夫婦もその存在を容認しているということであり、親族同様なのではないか。

だとしたら、桑原夫妻がなぜ事件の公表を望まず、また、どんな方法でそれを可能にしたのかなどを話してくれるわけはない。

〈ダメじゃん……〉

ため息を吐いて、真帆が再び桑原宅を振り向くと、庭のポーチから屋内に入ろうとする家政婦の後ろ姿が見えた。

その年齢を推し測ろうと少し見ていると、いきなりその女が振り向いて、迷うことなく、まっすぐに真帆の目を捉えた。

目の前に置かれたカレーライスは、とうに冷めてしまった。

空腹だったはずなのに、頭を酷使しているせいか、二口食べてスプーンを置いた。

好物を前に食欲が失せることなど、高熱でも出なければあり得ないことだ。

先刻、饒舌過ぎる主婦から逃れて駅前の小さなカフェに入ったのだが、ずっとあの家政婦の顔が脳裏に張り付いている。

主婦の話は想像もしなかった内容だったが、視線がぶつかった時に、一瞬だが家政婦の目が異様に光っていたように感じ、主婦の話もまんざら嘘ではないように思った。

只者ではないかも……。

真帆が安易に想像していた《話し好きで、雇い主に少し不満がある家政婦》ではないことは確かだ。

愛人説が事実ではないとしても、何十年にもわたり桑原に仕えているのだ。

もしかしたら、嫁であるサツキよりもその内情に精通しているのかもしれない。

それなら尚のこと、あの女に接触しなければならないと思った。

紅茶の追加を頼んでから、真帆は有沢にメールを入れた。

《桑原宅の近所の聞き込みに来ています。詳しいことは夜に》

休日の午前11時前だ。

有沢は多忙な日々の疲れで、まだぐっすりと眠っているかもしれない。

あの部屋で……。

あの夜のことは、二人とも忘れたように触れないでいる。

あの散らかり様の理由を有沢に訊くことはこれからもないと思うが、完璧主義者だと思っていた有沢との距離が少し近くなったように感じていた。

有沢も普通の一人の人間であるという、当たり前の安心感ではあるけれど。

二杯目の紅茶を一口飲み、今朝は顔を合わさずに出てしまった曜子からのラインを確かめようと思った瞬間、テーブルの上でスマホが震えた。

『何をやってるんですか！』

いきなり不機嫌な有沢の声が聞こえた。

え……？

「何って、メールに書いた通り……」

『捜査一課の椎名刑事が違法捜査していると、苦情が入ったそうですよ！』

「マジで!?　もう？　でも、何で有沢さんが？」

『今、一課から私に連絡があったんです。椎名さんに連絡がつくなら止めるように伝えてくれと』

有沢は寝起きなのだろうか、話すごとに不機嫌になる。

〈あの家政婦からの通報か……？〉

最初から手帳を提示したことを後悔した。

「違法捜査って……門前払いされただけだよ」

『近所に聞き回っていたそうじゃないですか』

「そう。そこで面白いこと聞いちゃって……」

え、面白いこと？　と有沢の声が変わった。

家政婦の噂話を伝えると、更に声のトーンが上がった。「只者ではないですね。もしかしたら、桑原の家ではボス的存在なのかもしれない……」

うっかり真帆に乗せられたことに気づいたのか、有沢は声を改めた。

『あまり派手な動きはしない方がいいと思います。やっぱり外堀から埋めて行きましょう』

でも、止めても無駄ですよね……と、少し声を大きくして付け加えた。

電話を切り、真帆は残っていた紅茶を飲み干し席を立った。

有沢は午後から神奈川の実家に行くと言っていた。

私生活の話をすることは滅多になかったから、真帆の動きには付き合えないことを伝えたかったのだろうと思った。

今日の聞き込みは相談も無しに勝手に始めたことだ。有沢の負担を増やすことはできるだけ避けたかったからだ。

止めても無駄……か。

〈今日は任せたと言うことだよね〉

あの家政婦の目を思い出す。

おまえのような小娘に何が分かる……？

そう言われているような気がして、無意識に早足になっていた。

小娘には小娘なりのやり方がある。

商店街を再び抜けて桑原宅のある道路へと右折した途端、数軒先から歩いて来る、あの家政婦が目に入った。

真帆の足が止まり、気づいた女も足を止めた。

二人の間を、車が一台通り過ぎた。

足を進めたのは真帆の方が先だった。

「まだ何か？」と、女が無表情で真帆を見下ろした。

その目は先刻ほど鋭くはなかった。

「先ほどはいきなり申し訳ありませんでした。桑原さん宅のお手伝いさんですよね？」

間近で見る顔は、思ったより老けていた。

遠目では、その長身の体躯と服装から五十過ぎくらいかと思っていたが、もしかしたらそれより十歳くらいは年長かもしれない。

白いTシャツの上に紺色のブルゾンを着込み、穿き古したようなジーンズ姿だ。肩から下げたショルダーバッグも、かなり年季が入っている。

「失礼ですが、お名前は？」

「名乗る必要はないと思います。お嬢さんの事件のことでしたら、私はお役に立てないと思いますから」

無造作に結い上げたグレーの髪。細かなシミが目立つ顔は素顔だろうが、整った顔立ちをしている。滑舌も良く張りのある声に、近所の主婦が話していた『若い頃は劇団の役者だった……』という話も納得できた。

「……他に何か？」

あまりに見つめ過ぎたのか、女は眉根を寄せて唇を嚙んだ。

その薄い唇に、薄らと紅が引かれているのに気づいた。

「奥様はお嬢さんと一緒にご実家に戻られたと聞きましたが、お嬢さんに何か事件の影響でもあったんでしょうか？」

途端に女は笑い声を上げて口調を変えた。

「影響ですって？　夏未ちゃんはあの時まだ四ヶ月の赤ちゃんだったんですよ。あなたも子どもを育てたら分かるわ」

育てなくても分かる。人間の記憶は三歳くらいからしか残らない。

夏末は今年でようやく二歳。事件を覚えているわけもない。

だが、今にも立ち去ろうとしている女を引き留めるためには話し続けるしかない。

「そうですよね。でも、誘拐されていきなりお母さんから引き離されたわけですから……」

「大丈夫ですよ。事件がなくても母親とはほとんど離れて暮らしていましたから。奥様が実家に戻ったのはご夫婦の問題だと思いますけど」

ほとんど離れていた……？

真帆の表情を読み取ったのか、女が薄く笑った。

「育児放棄みたいなものです。夏末ちゃんはあの人のペットだったんですよ。都心に外出する時だけ連れ回していましたけど。それだって、ネットに投稿する写真のためですよ」

奥様ではなく、あの人……。

女とサツキの関係は良好では無かったことが分かる。

「あの事件の時もあのお宅で仕事をされていたんですか？　連絡は誰から？」

女は軽く鼻から息を吐き、改めて真帆に向き直った。

「ええ。17時までの仕事ですけど、あの日は泊まり込みになりましたよ。刑事さんたちにお茶を出したり、夜食の準備もさせられました。翌日無事に戻られた時は本当にホッとしました」

「誘拐されたことは、奥様からの連絡で？」

「ええ。家に戻ってないかって……」

女はそこまで言うと、皮肉っぽく口を歪めた。

「誘拐犯が何も要求しないで返す訳はないでしょう？　赤ん坊が原宿から一人で這って帰る？　あの人って、本当に頭がおかしいわ」

「気が動転していたんですよ。それに警察から一応確認のために指示されていたんじゃないでしょうか」

「どちらにしても、あの人は母親失格です」

「奥様は戻る予定はないんですか？」

さあ、と女は肩をすくめて小首を傾げた。

「その方が夏未ちゃんは幸せだと思いますよ。ご実家の両親がきちんと面倒を見てくれるでしょうから」

「桑原和也さんが誰かに恨まれていたような話は聞いてませんでした？」

「一切聞いておりません」

「あの事件の後、ご夫婦の間で犯人について何か話が出なかったですか？」

「覚えておりません」

言い捨てて、女は真帆の脇をすり抜けて行く。

「あの……あなたがほとんどお嬢さんの面倒を見ていたと聞いてますけど、お寂しいでしょうね」

その背に向かって、真帆が言うと、女は足を止め、一瞬言葉を探したように見えたが、ゆっくりと振り向いて首を左右に振った。

「仕事だからお世話していたんです。それだけです」

硬い声で言い、女は真帆に再び近づいて、見下したような顔で言った。

「本当は何が言いたいの、刑事さん」


「それで、何て答えたんだ？」

「あなたは、真犯人の見当が付いているんじゃないかって」

真向かいの席に座る吾妻が、ギョッと目を剝いた。

「おまえなあ！」

吾妻の声に、カウンターから老齢のマスターが顔を上げた。

幸い他に客の姿はなかったが、吾妻が声を潜めて顔を近づけて来る。

「……そんな唐突な聞き方をしたら名誉毀損で訴えられるぞ」

「ないない！　そんなことしたら、またあの事件をほじくり返すことになるもの」

警察の思惑は別としても、桑原は再び事件が世間の記憶から浮上することが恐ろしいに違いない。

その理由は何か……。

家政婦は、不意の質問にも表情を変えなかった。

わざとらしく一度だけゆっくりと瞬きをしてから、真帆の横を通り過ぎて行った。

「だったら、深追いしても無駄足になるだけだ。巡査部長の見解としては……」

これ以上の接触は無駄だということは真帆にも分かっている。

「これ以上首を突っ込むなら有沢さんを当てにしないで一人でやるんだな。彼女のキャリアに傷が付く……」

吾妻は声のトーンを変えて、背もたれに上体を預けた。

「今日だって、俺が当直だったからいいものの、休みだったらデートで忙しくておまえなんかとは付き合っていられないからな」

ふうん、と一応頭を下げる。

「それにしてもさ、巡査部長って意外と暇そうじゃん？」

吾妻の口があんぐりと開いた。

「あのなぁ、俺がわざわざ時間を割いて話に付き合ってんのは……」

「有沢警部から頼まれたからでしょう？」

「ん……まあ、そうだけど、班長からも手伝えることがあったら動いていいって」

荻窪の路地裏にあるこの珈琲店は古沢の馴染みの店だが、いつしか新堂班全員の御用達になっていた。

一時間ほど前、家政婦の後ろ姿を見送っていると、吾妻から電話が入った。

『今どこだ？』「豪徳寺だけど」『荻窪の［サイモン］にすぐ来い』「何で？」『いいから、すぐ来い』

家政婦に去られ、近付く雨雲を見上げて途方に暮れていたことは事実だ。だから、吾妻の電話は少し嬉しかった。迷惑はかけたくないというのも本音だったが、瞬時に有沢の依頼だと察しがつき、遠慮は不要と思った。

吾妻は当直とのことだったが、本人が言うほど忙しいわけではないはずだ。仮に荻窪東署管轄内で大きな事件が発生していたなら、有沢が吾妻に連絡などするはずがないからだ。

「班長も今日は当直なの？」

「いや、休みだ。一応許可取らないといけないから俺が電話した」

「何か言ってた？」

「この話は聞かなかったことにするってさ。黙認するってことだろ」

新堂がこの事案の解決を望んでいるのは明らかだ。

犯人を逮捕し、重丸に対する懲戒処分が妥当であったのかを知るために。

警察学校の同期というのは、その後の職場や階級が異なったとしても、その関係性は特別なものだ。特にお互いが尊敬に値する人物であれば、尚のこと。

真帆にも、そういう同期が、かつていた……。

「じゃあ、週明けからの聞き込みに付き合ってくれるとか？」

「俺は水曜まで新人の指導で動けないんだ。木曜からなら俺と有沢警部とで動けるからな」

俺と有沢警部と……？

「いやいや、大丈夫。そこまで協力してもらっちゃ申し訳ないもの。聞き込みは私と有沢さんとで……女同士の方が何かと気楽だし」

吾妻が嘆息して「彼女も同じことを言ってた」と笑った。

「椎名の暴走を止めて欲しいって、いきなり電話してきたのにさ……」

「あ……でも、木曜からでも手を貸してもらえるなら。せっかく班長も目を瞑ってくれるようだし、有沢も本当は私なんかより……」

心にもない事を言うが、即座に吾妻の顔が輝く。

こういう分かりやすい素直さを、真帆は嫌いではない。

仕方ないさ、警部と警部補の命令だからな、と吾妻は大袈裟に息を吐いた。

そして、思い出したように言った。

「そう言えば、班長が珍しく愚痴ってたよ」

「新人の刑事のこととか？」

「いや、班長の息子が高校受験のために塾に通い出したんだとさ」

〈塾……？〉

「重丸警部補の娘が行ってた塾を紹介してもらったとかで、教育費がハンパないって……吾妻も子どもが出来たらそういう苦労するから覚悟しろとさ」

いつの話だよ、俺まだ結婚もしてないし、と吾妻が笑った。

「何だか、早く結婚したいって言ってるように聞こえるけど？」

「まさか……と言いたいんだけど」と、吾妻は真面目な顔になる。

「班長やフルさんが、出世したいなら早く身を固めた方がいいって言うからさ」

「出世したいから結婚すんの？　ヨメに選ばれた人は気の毒だね……」

いや、相手がキャリアガールならお互いに……という声を無視し、真帆は腰を上げた。

「じゃ、ここは巡査部長殿の奢りということで。ご馳走さま！」

「おまえ、明日はきっちり体を休めた方がいいんじゃないか？　目の下真っ黒だぞ」

もう三十過ぎたんだから、少しは……と続ける吾妻に背を向け、重くなった足を引き摺るようにして駅に向かった。

週明けの月曜日、有沢は待ち合わせの5分前に現れた。

几帳面な有沢は必ず約束の時間前に現れるだろうと思い、真帆はその数分前には表参道ヒルズに到着していた。

「早いね」

「そちらこそ」

短い挨拶（あいさつ）を交わし、すぐに目的の店舗に向かう。

昨日は曜子の世間話を遠くに聞きながら、良く眠り、良く食べ、熱い湯にゆっくりと浸（つ）かり、何も考えずにタブレットで海外ドラマを観て過ごした。

おかげで、久々に二十代前半の時のような体の軽さを取り戻し、今日は、早足の有沢に遅れを取らずに済みそうだった。

緩やかなスロープを二階まで上がり、事件が起こった「マリンブルー」に入ると、平日の昼前にもかかわらず、店内には多くの客の姿があった。

真帆の驚きを察したのか、有沢が「ほとんど外国人観光客ですね」と囁（ささや）いた。

店の奥のレジカウンターにいた店員に手帳を提示し、店長の所在を問うと、すぐに背後のドアの奥に案内された。

八畳ほどの狭いスペースに、チープな応接セットがあり、奥のデスクから小柄な女が立ち上がった。

「また、あの事件のことですか？」

店長の女の目線は、背の高い有沢に向けられている。

「はい。まだ事件が解決していないので、どうかご協力ください」

有沢は、いつもの抑揚のない言い方をして頭を少し下げた。

「うちも、当時は誘拐事件があったショップだとネットに書かれて迷惑だったんですよ」

「申し訳ありませんでした。それで、事件当日、店長さんもこちらにいらっしゃったのですよね。犯人の男をご覧になったんですか？」

今更何を……というふうに、店長は薄く笑った。

「当時も警察に何度も訊（き）かれましたけど、私はこの部屋で帳簿付けに忙しくしていて、バイトの女の子が知らせに入ってくるまで知らなかったんですよ」

「その後、店員さんと捜し回られたんですね？」

店長の供述調書はなかったことから、この女が事件の瞬間を目撃していないことは分かっていた。

「ここの本館や西館、同潤館（どうじゅんかん）の方まで捜しましたよ」

何であれ、うちの担当の不始末には変わりないですから、と有沢から視線を逸（そ）らした。

「原田由美さんにもお話を伺いたいのですが」

真帆が声を上げると、ようやく女が目を向けてくる。

「原田はいません。あの事件の後広尾（ひろお）店に移りましたけど、昨年末に退社したと聞いてます」

冷たく言い放つ女に、有沢が負けないくらいの冷たさで答えた。「存じています」

存じています……って？

「こちらの本社は兵藤（ひょうどう）グループの子会社ですよね。本社に原田由美さんの履歴書は保存されていると思うのですが」

「それって、個人情報ですよね。いくら警察でも……」

「あの……あれから桑原サツキさんはこちらにはいらっしゃってませんよね？」

え？　と話を変えた真帆をまじまじと見てから、女は「ええ、一度も。以前は毎週のように来ていただいて、それまでの数年間は売上上位のお得意様だったんですけど」と、ため息まじりで言った。

「原田が担当していた顧客ですから、原田個人の成績にも影響が大きくて……それで辞めたようなものですよ。せっかく店長候補に昇格したばっかりだったのに」

女は原田由美の退職を、心底残念がっているように見えた。

「あの、原田さんにご迷惑をおかけするような捜査ではないんです。実は、桑原サツキさんが、あの時、一生懸命捜してくれた原田さんと店長さんにどうしてもお礼を言いたいと仰っていて……それに、できればまたこちらのショップに伺いたいけれど、大丈夫かどうか聞いて欲しいからと」

途端に女の表情が変化した。

「そういう事でしたら……」

斜め上からの有沢の視線が痛かった。

「警察官が嘘を吐いてどうするんですか」

フルーツサンドを頬張る真帆の向かいで、有沢が大きなため息を吐いた。

「嘘じゃないよ。桑原家の奥様は多分そう思ってるに違いない……ってことで」

真帆は苦手なキウイをフォークで除きながら、エヘへと笑う。

呆れたような顔で沈黙した有沢の前にはローストビーフがてんこ盛りになったバーガーがある。

ウエイトレスが最初に真帆の前に差し出したバーガーだ。

「でも、あの店長も融通が利かないっていうか……」

結局、店長の女は最後まで原田由美の個人情報を渡してはくれなかった。

「正規の捜査じゃないですし、容疑者ではないから強制はできません」

「ところでさ……店員の原田由美が退職していたって、いつ知ったの？」

「さっき知りました。もしかしたらそうかもしれないとは思っていましたけど」

やっぱりな、と真帆もわざと大きなため息を吐いて見せる。

「その店員を追跡しても、あの供述調書以上のことは聞けないと思います」

「だよね。店長は犯人を見ていないんだし……無駄足だったね」

「いえ、現場を直に目にするのは大事です。いつだったか椎名さんが言ってたことじゃないですか」

有沢はバーガーを両手で掴み取ると、大きく口を開いて齧り付く。

「お昼は食べないんじゃなかったっけ？」

七係にいた時、有沢は昼休みになると国会図書館に行ったり皇居周辺をジョギングしたりして、昼食はほとんど食べないと言っていた。

「外回りの時は普通に食べます。捜査は体力勝負ですから。椎名さんはそんな可愛らしい物で大丈夫なんですか？　これから横浜ですよ」

あっという間にバーガーを食べ終えた有沢に、真帆は感動すら覚える。

美しい女は、たとえ指の間から脂が垂れようが、その指先を舌で舐めようが、変わらず美しいのだ。

「家でご飯作ることって、あるの？」

「ないです。１００パーセント外食です」

即座に答える有沢に納得する。

あの部屋のキッチンの様子は想像するだに恐ろしい。

「何か？」

「あ……原宿の店主たちの詳細と竹下通り周辺の防犯カメラの映像はどうなった？」

先日、有沢が正規のルートで手に入れると言っていたことを思い出す。

「まだちょっと時間がかかります。在日華僑の店主たちの身元調査は難しいかもしれません。公的機関を通じて調べれば簡単かもしれませんけど……」

正規の捜査ではないのだ。目立つ動きをすれば、上から潰されるに決まっている。

「ひとつずつ、やれるところからやるしかないね」

「結局、あの家政婦は口を割らなかったし……でも、あの人絶対に何か知ってる」

「また二人であたりましょうか。二人なら迫力では負けませんもの」

そうだね、と真帆が珈琲を飲み終えた途端、有沢は席を立って会計に向かった。

その背中を見ながら、真帆は一昨日吾妻から聞いた新堂の話を伝えるべきか迷っていた。

吾妻から聞いたその塾の名前は、真帆の想像通りだった。

新堂は、吾妻が真帆にその情報を伝えることを予想して話したに違いない。

そこで犯人に繋がる何かを見つけることができるのか……。

まだ13時を過ぎたばかりだ。

横浜が早く済んだら、自分だけでも……と、思案していると、いきなり目の前に有沢の掌が差し出された。

「椎名さんの分は税込千四百円です。休暇中ですから、経費では落ちませんので」

『揺れ動く波が見える……海の色ではなく、赤、黄、紫……今日は騒々しい一日。邪気のない者に救われる。ラッキーカラーは茜色』

曜子がラインで送ってくれた占いの結果だ。

今朝もろくに曜子と話す時間もなく、牛乳を少し飲んだだけで玄関を飛び出した。

そんな時は、いつもこうしてラインやメールで知らせてくれる。

「茜色か……」

思わず声に出した途端、運転席の有沢が怪訝な目を向けてくる。

「あ、何でもない……ほら、動いたよ」

首都高は、用賀辺りで追突事故があったらしく休日並みに渋滞している。

有沢が車で来ているとは思わなかった。

以前、有沢の車に同乗した時のことを思い出し、できれば電車で向かいたかったのだが断る勇気が出なかった。

先刻から車内に物悲しい歌声が流れていた。

詳しくはないが、男性歌手が歌っているのはオペラのアリアだろう。

有沢の車はシルバーのいかつい四駆だ。この曲のセレクトは何かの間違いか……。

「あなた、オペラが好きなんだ……？」

「いえ、別に。これは兄の趣味です」

「そうなんだ……」

有沢の家族構成は聞いたことがなかった。もっと話を進めたいところだが、おそらく黙殺されるだろうと諦める。

「ビゼーのオペラ曲です。歌っているのはイタリアのテナー歌手の……」

〈どこかで聴いたことがあったっけ……？〉

オペラなど、椎名家には流れたことがない。

曜子の趣味はポップスやジャズで、真帆は日常に音楽を必要としない。

珈琲タイムのBGMとして、静かで穏やかなクラシック曲があればいい。

だが、車内に流れる曲に確かに聴き覚えがあった。

そう言うと、有沢は「映画やドラマで聴いたんじゃないですか？」と、その曲が使われた洋画の題名を口にしたが、そのどれも観た覚えはなかった。

〈この音楽と……ソーダ水の香りがあった〉

最近しばしば頭に浮かぶ情景と香りは、いつも同じ。

どこかの喫茶店。母の悠子と並ぶ知らない男が笑顔を向けて来る……。

一瞬、深く寝入ってしまったのか、有沢の「テメェ……」と唸(うな)る声で我に返った。

薄目を開けて有沢を見る。

強引に車が割り込んできたのか、前を走るワゴン車を睨(にら)みつけている。

「道交法違反で、しょっ引いてやろうかぁっ!?」

そうだった……。

有沢はハンドルを握ると性格が変わる人間だったことを思い出す。

アリアと有沢の毒づく声を聞きながら、真帆はまたそっと目を瞑(つぶ)った。

横浜中華街に来るのは何年ぶりだろう。

記憶が正しければ、曜子と伯父の文博と三人で、老舗ホテルに食事に来た帰りに立ち寄った。その日は二人の結婚記念日で、ホテルの前にある山下公園で、文博が曜子にプロポーズしたという話で盛り上がったことを覚えている。

「中学三年だったかな……高校受験に合格した春だったと思う。肉まんとか買って……」

真帆が隣を歩く有沢を見上げると、「次の小路を右折ですね」と足を速めた。

〈だよね……思い出話をしている場合ではないよね〉

相手が吾妻だったらすぐさま嫌味を言われるところだが、有沢は完全無視だ。

否定すらしない無言の警め……？

「椎名さん、早くしてください。迷子になりますよ」

有沢は小路の中をどんどん先に行く。

〈テメェ……人を子ども扱いしやがって〉

有沢を真似て、真帆は心の中で毒づいた。

［中国茶房　竜王］は、その店主の供述調書から想像していた店とはだいぶ違った。
中国茶と軽食を提供するカフェ、と書かれてあったが、店頭には古そうなサンプルケースがあり、入り口の周りに手書きの看板が幾つも並んでいる。

事件当時も同じような入り口周辺だとしたら、逃げ出す観光客に逆らい捜査員が突入するのは手間取ったに違いない。

けれど、その出入り口の狭さに反して、店内は思ったより奥行きがあり広々としていた。

真ん中に大きな楕円形のテーブルがあり、数人の客が談笑している。両方の壁際には二人席と四人席が数卓、一番奥にカウンターがあった。

ランチタイムが終了したばかりのせいか、楕円形のテーブルの客以外は姿が見えず、店員もカウンター内とレジに一人ずついるだけだ。

有沢とカウンター席に並んで座り、カウンター内の若いウエイターに中国茶をオーダーした。

店主の供述から、アポを取らずに行こうと有沢と決めていた。

《私はあまり日本語が得意ではないので、知らない日本人と話すのが苦手です。以前、テレビのグルメ番組で取り上げられてから、リフォーム会社や保険会社のセールスが頻繁に来るようになり、その類の営業マンかと思い、従業員の一人に、店主は留守だと言えと伝えました。そう言えば営業マンはすぐに帰ると思ったからです》

銃撃事件のあった現場だ。当時も警察の事情聴取を何度も受けたに違いなかった。

今更刑事が歓迎されるわけがない。理由をつけて断られる可能性の方が大きいと思った。

カウンターの中の様子を見ながら、有沢に目配せをし、茶を淹れているウエイターに声をかけようとした時、その奥の簾の中から太り気味の初老の男が出て来た。

男はスマホを片手に中国語でウエイターを叱るような口調と身振りをした。

「郭さんですか?」

真帆より先に、有沢が声を出した。

男は一瞬だけポカンとした目を向けてきたが、すぐに柔和な顔つきになって軽く頭を下げ、「面接、奥に……」と簾の中を指し示した。

「いえ、違うんです。私たちはこういう者です」

有沢に続いて真帆も手帳を取り出すと、男は露骨に嫌な顔になり首を左右に振った。

「もうワタシ関係ない」

店主の郭は、その供述通り日本人との会話が苦手のようだった。

「ここに書いてあることの他に、何か思い出したことはありませんか?」

タブレットを差し出して問うと、郭はまた首を振って少し笑った。

「ワタシ日本語見るのはダメです」

「メニューや看板は日本語ですけど?」

被(かぶ)り気味に声を張る有沢を目で制して、真帆はゆっくりと供述調書を読み上げた。

《一人一人の顔を認識したわけではありませんが、その観光客の中に、ベビーカーを押している男がいたのは記憶しています。集団の中に母親もいるのだろうと思いました。ベビーカーの中の赤ん坊は眠っていたので、賑(にぎ)やかな集団から離れた奥の席を勧めました。男は頷(うなず)いてベビーカーを奥に移動させましたが、すぐに集団の方に戻り、相席してスマホを眺めていた様子は覚えています》

「あなたはそう供述していますが、その男が座った席は女性の傍だったんですか？」

郭は少し考える素振りで押し黙り、首を傾げた。

「赤ちゃんの母親もいるのだろうとあなたは思ったと言っていますが、その集団はタイから来た観光客ですよね。でしたら、その男も母親もタイ人かもしれないと思ったんですか？」

「ワタシは分からない。話してないし、顔も覚えてないです」

「男は他の客と相席してスマホを眺めていたとありますが、隣にもし妻がいたとしたら、少し変ですよね。男が最初からベビーカーを押して一人で入店したのではないですか？」

「見ていないから、分からない」

「結果的にその男は銃を発砲して逃走しているわけですから、銃撃事件の犯人に間違いないのですが、私が気になっているのは……」

　真帆は改めて郭の目を見つめた。

「あなたは、その男が来ることを最初から知っていたのではないかと」

「ワタシが？　どうして」

「犯人の男が誰だか知っているのでは？」

　郭の顔に動揺は見られず、呆れたような顔でため息を吐いた。

「では、話を戻します。男がベビーカーを置いた奥の席とはどこですか？」

　真帆たちは郭と四人掛けのテーブルにいる。

　郭は、無言でカウンターの隅を指した。

「あなたがベビーカーをあの席に案内したんですよね？　覚えてはいなくても、顔は見たはずですよね。タイ人か日本人かくらいは区別がつくんじゃないです？」

「……タイ人ではないです」

「日本人ですか？」

「話してないから、分からない」

「では、何語で案内したんですか？　日本語？　中国語？」

　郭の顔に、少し動揺が走った。

「……日本語です」

「何と言ったんですか？」

「こちらにどうぞ……そんなこと訊いてどうする？」

郭は苛立った口調で言った。

「男は何か話しましたか？　すみません、とか、ありがとうとかは？」

供述書には男の声は聞いていないとあるが、一応確認する。

「何も聞いてない。そこに書いてないか」

郭は真帆の手元のタブレットを、苛々とした手つきで指した。

「確認のためです。もう一度訊きますが、その男はタイからの観光客と一緒に店に入って来たんですね？」

「オープンする前からたくさん人が並んでた。オープンしたら皆入ってきた」

「じゃあ、タイからの観光客と一緒のグループではなかったかもしれないんですね？」

郭は更に苛立ちを抑えられない様子で、上体を小刻みに揺らし始めた。

「その男が犯人なら、観光客ではなかった。それは警察も分かってることじゃないか！」

「事件の後に、警察は今の質問と同じようなことをあなたに訊きましたか？」

郭は答えず、いきなり立ち上がった。

「もういい？　ワタシその後は何も見ていない。見たのは撃たれた人と警察のいっぱいの人だけ！」

背中を見せる郭に向かい、有沢がようやく口を開いた。

「原宿にあった［ベリー&ベリー］というアクセサリー雑貨店をご存じですか？」

「知らない」

振り向きもせずに郭は答えた。

「では、その隣にあった［台北生活］と言うインテリア雑貨店は？」

首を振りながら、郭が奥の部屋に続く簾に手をかけた。

「このお店と同じ、華僑の方の経営ですよ。知っているんじゃありませんか？」

すると、郭が大きな笑い声を立ててゆっくりと振り向いた。

「この国に何人の華僑がいると思う？　勉強足りないね」

その太い人差し指で頭を二回突くと、郭は再び笑い声を立てて簾の奥に消えた。


「あの男、かなり怪しいですね」

郭の店がある小路と大通りを隔てた反対側の小路にある珈琲チェーン店だ。

二人の席から、郭の店頭を見ることができる。

席に着くなり、有沢が嬉々とした顔を向けて来た。

「絶対に原宿の店のことは知っていると思います」

「うん。多分、当時の捜査員も怪しんでいたはずだよね」

「これ以上あの郭という店主は追えないですね」

「でも、ファーストアタックは成功したと思う」

もし郭が事件に関わりがあるとしたら、刑事が再捜査している事実を受けて、何らかの行動に出るかもしれないからだ。

「ええ。張り込んでみましょうか」

有沢はすでにそのつもりだったらしく、真帆の返事も待たずにスマホを取り出し、誰かにメールを打ち始めた。

「誰かと約束でもあるの？　だったら……」

有沢に何気なく言うと、「仕事です」とにべもない。

ため息を吐く真帆に気づいたのか、「例の鑑識のプロにメールを……」と言葉を足した。

真帆も曜子にラインを送る。《深夜になるかも。ご飯残しておいてね》

出がけに、今夜は久しぶりにすき焼きにすると曜子が言っていた。

「でも、張り込むにしても、場所が問題ですね」と、メールを打ちながら有沢が呟いた。

真帆は先日保存していたページを開く。

中華街のおすすめスポットランキングには載っていなかったが、中国茶カフェで検索すると店舗情報が載っていた。評価は星3・4。

「営業時間は20時までだから……それから閉める準備をして店から出て来るとしたら……」

スマホの時刻表示は17：20だ。

「ラストまでいるとは限りませんよ」

郭の店の方に一度目を遣りながら言い、有沢は腰を上げた。

「私は一度車に戻ります。もし郭が出てきたら電話をください」

え……？

「仕事の用で急いで電話をしなければならないんです。ちょっと混み入った話なので、ここでは……」

確かに、店内でカイシャの話を電話ですることはできない。

「でも、裏口から出られちゃったら？」

銃撃した犯人も、裏口から逃走したとあった。

「その時は仕方ありません。出直すしかないです。でも、店を閉める時は看板を片づけたりシャッターを下ろしたりしますよね。従業員たちだけを残して先に帰るでしょうか……」

それに、売上金を店に残して帰ることは考えにくい、というのが有沢の意見だ。

有沢の車は、朝陽門の傍にあるビルのパーキングに停めてあった。

今いる場所から5分もかからない。

仮に郭が出てきたとしても交通手段は分からない。徒歩か電車であれば真帆が尾行し、車であれば有沢が尾行するということに決めた。

有沢を見送りながら郭の店の方に目を戻した時だった。

夕食間近で賑わう人混みの中で、見覚えのある若い男が店から出て来るのが見えた。

「先ほどはお騒がせしました。ちょっと伺ってもいいですか？」

先刻カウンターの中にいたウエイターだ。

はぁ、と怪訝な顔を向けてくるが、警戒している様子はない。

「もうお仕事は終わったんですか？　シフト制ですか？」

「そうですけど……終わったっていうか、オレ、辞めてきたんです」

若い男はチラリと店の方を振り返り、「やってらんないっスよ、あんな店」と、吐き捨てるように言った。

「何かあったんですか？」

「いや、あんたたちの話が耳に入ったから、ちょっと面白そうだから、マスター何かヤバいこと知ってんじゃないのって軽く言ったら……」

この男は今日まで事件の事は知らなかったという。

「店では絶対口にしちゃなんねぇ話なんだってさ。知らねぇっつうの」

郭は激昂し、男に出て行けと怒鳴ったという。

「あなたはいつ頃からあの店に？」

「半年ちょっとかな。どうせ夏には辞めるつもりだったから別にいいんですけどね」

「まだ郭さんはお店にいらっしゃいますか？」

「いますよ。商店街の会合とか夜の予定がない時はラストまで残ってますよ。他人を絶対信用しない人だから、オレらが掃除した後も徹底的に掃除し直すみたいで……」

あ……。

真帆は、この男が郭に何か小言を言われていた事を思い出した。

「さっきは確か中国語で郭さんと話されていましたよね？　あなたも台湾の方ですか？」

「いや、オレは違いますよ。あのオヤジは頭に来ると中国語で怒鳴り散らすんですよ。こっちは何言ってるか分かんないのにさ」

「私たちが帰った後、郭さんは……」

真帆の言葉を遮って、男はさも腹立たしげに言った。

「ずっと電話で長話してて、店が混み始めてオレら二人じゃ手が回らないって言ったら、時給下げるぞって……あ、こういう日本語は発音いいですよ」

ふん！　と鼻を鳴らす男に、肝心な質問をする。

「郭さんは、お店には電車で来られます？　それとも……」

「車っスよ。めっちゃ古い白のワゴン。それで仕入れにも行ってるし」

「お店の近くの駐車場とか？」

「朝陽門の傍のでっかいパーキング。月極（つきぎめ）で借りてんじゃないかな……」

男が手にしていたスマホが鳴り、じゃあ、という風に肩をすくめて男は早足で離れて行った。

そのまま店の方まで歩き、ガラス扉の奥を窺う。客は多く、店員が走り回っている様子が見えたが、郭の姿は確認することができなかった。

裏口は隣の店との境の細い路地に面しているようだが、奥は行き止まりのように見えた。

正面と裏口のどちらから出たとしても、結局は今真帆が立っている小路に来ることが分かる。

〈事件当日、裏口から逃走したという犯人は、この小路に戻ったということか……〉

当日は連休最終日。中華街は観光客で賑わっていたが、発砲音と走り回る捜査官に驚き、悲鳴と怒声が飛び交う中、犯人は小路からどこへ姿を消したのか……。

スマホで中華街の地図を改めて見ながら、真帆はまた珈琲ショップに戻った。

怪訝な顔を向けてくるウエイトレスに笑顔を作り、同じ席に座る。

スマホの時刻表示は18：04。

郭の店が閉まるまで、後二時間はある。

有沢に今得た情報をメールで送り、再び珈琲をオーダーした。

空腹にもかかわらず、何故か固形物で胃の中を満たす気にはなれない。

自覚はないが、緊張しているのかもしれないと思った。

しばらくして有沢からの返信が届いた。

《了解です。車で休んでください。交替します》

すぐに返信する。《大丈夫。シンドくなったら連絡する》

本音を言えば、今すぐにでも横になりたかった。

けれど、一度横になって再び立ち上がる気力が無くなることを恐れた。緊張の糸が一旦(いったん)切れたら、復活するまでに時間がかかるからだ。

子どもの時からそうだった。低血圧のせいだろうと曜子は言うが、そればかりではなく、本来は怠け者なのだと思う。

無論、年下の有沢より疲労度は高いはずだが、それは素直に認めたくない。

ぼんやりと窓外の人波を見る。

ほとんどが観光客だろうが、子ども連れの夫婦の姿もたくさんある。

斜め向かいの飲茶(ヤムチャ)専門店の店頭には、湯気の立つ饅頭(まんじゅう)を求めて長い行列ができていた。

曜子夫婦とこの街に来た時も、近所への土産に大きな饅頭を幾つか買ったことを思い出す。

あの時の真帆と同じくらいの年頃の娘が両親らしい男女と笑いながら歩く姿に、かつての自分の姿を重ねてみる。心の奥底には、いつも取り出してはいけない黒い塊があるが、自分は愛情に不足を感じて成長したわけではないのだと今更ながら思う。

母の事件前の記憶は未(いま)だに不鮮明ではあるけれど、それを取り戻すことを、どこかで恐れている自分がいる……。

どれくらい時間が経ったのか、近くの席から沸き起こった歓声で我に返った。

学校帰りなのか、制服姿の女子高生数人が互いのスマホを見せ合い談笑している。

慌てて時刻を確認する。18：23。

少し落胆し、冷えた珈琲に口をつけようとした時、窓外で動く人々の間に郭の顔が見えたような気がして慌てて立ち上がった。

大通りに走り出て朝陽門の方を見るが、人混みの中に郭の姿はない。

その時を待ち侘びていたせいで幻覚を見たのかと思った瞬間、声高な中国語が耳に入った。声のする方を見ると、中華料理店の店頭で、店主らしい老人と笑いながら立ち話をしている太った男の後ろ姿があった。

郭に違いなかった。

先刻着ていたチャイナ服のユニホームではなく黒のスーツ姿だったが、その体格と声に間違いないと思った。

人混みに紛れて移動し、その様子を窺いながら有沢に電話を入れる。

「郭が出て来た……黒の上下。駐車場に向かうかも」

『了解。車を出しますから、パーキング横の交差点辺りで待っててください』

冷静な有沢の声で、早鐘を打っていた心臓が少し鎮まる。

店員だった男の話が本当なら、郭は月極パーキングにある白いワゴン車に乗るはずだ。

やがて郭が老人に片手を上げて、朝陽門の方に歩き出した。

え……？

郭はパーキングビルの入り口の前を素通りして、何故か早足になった。

〈まさか、気づいている？〉

真帆も早足で追う。郭との距離はおよそ10メートル。

郭と目を合わせてはいない。小柄な自分を人混みの中で認識するはずはないだろうと少し距離を縮めると、郭は早足のままで信号を渡り、みなとみらい線元町(もとまち)・中華街駅の改札へと向かって行く。

おさまったはずの動悸(どうき)が速くなる。

郭が地下ホームへのエスカレーターに乗ったのを確認し、距離を少し縮めて真帆も足を乗せた途端、ポケットの中のスマホが小さく鳴った。

『どこにいるんですか！』

いきなり有沢の声が耳に刺さる。

郭との間に数人の人がいる。その声が郭に届くはずはないが、真帆は口元に手を当てて小声を出した。

「電車だった……このまま尾行する」

元町・中華街駅は、みなとみらい線の終点だ。電車に乗るとしたら、東京や埼玉方面に向かうことになる。

大きく息を吐く音がして、『私も東京方面に向かいます。郭が降りたら連絡ください』

と不機嫌な声を残して電話が切れた。

〈何だよ……私のせいじゃないじゃん〉

恨み言のひとつも言いたいのはこっちの方だと、真帆は郭の髪が薄くなった後頭部を睨んだ。

地下四階のホームに着くと、発車寸前の急行電車に郭は走り込んだ。

真帆も素早く乗り込み、郭から離れて優先席の吊り革に摑まった。

車内はそれほど混雑しておらず、郭はその太った体を窮屈そうに縮めて乗客の間に座っている。

真帆との間には数人の乗客が立っているが、目を合わせてしまえば先刻の刑事だとバレるだろうと思った。だが、幸い郭はスマホを操作し続けていて、他者を気にする気配はなかった。

おそらく横浜で降りるのではと予想していたが、横浜駅への到着を告げるアナウンスが聞こえても、郭はスマホから目を離さずにいた。


約一時間半後、真帆は有沢に二度目の電話を入れた。

『今、どこですか？』

真帆が声を出す前に、有沢の急いた声がする。

郭が中目黒の駅で降りた時も電話を入れたが、その時、有沢の車はまだ首都高を走っていて、かなり渋滞していると言っていた。

郭は急ぎ足で商店街に向かい、花屋で小さなブーケを買った。

まさか、デート？　と尾行を躊躇う気持ちが湧いてきたが、今更引き返せないと思っていると、郭は意外な場所で立ち止まり、その建物の中に入って行った。

『教会!?』

「うん。キリスト教の教会……」

三階建ての比較的新しい建物で、石造りの門には［聖恵比寿イエス教会］と書かれたプレートがあった。

商店街の雰囲気を損なうことなく、入り口の三角屋根の上にある大きな十字架がなければ、お洒落なマンションに見えなくもない。

有沢に教会の名前を伝えて電話を切り、真帆はその建物の斜向かいにあるコンビニに入った。

ペットボトルの温かい緑茶とお握りを二つ買い、窓際にあるイートインコーナーで様子を窺うことにした。

教会の二階部分の窓には灯りが見え、時々人の出入りがあった。

スマホで検索をすると、キリスト教のプロテスタント教会であり、信者の八割は華僑だとある。

〈郭は礼拝のために訪れたのか……?〉

その風貌と教会というイメージのギャップに戸惑いながら、人は見かけによらないものだとつくづく思う。

数十分後、有沢がコンビニに駆け込んで来た。

「遅くなりました。ナビが古くて、遠回りさせられてしまいました。あの男はまだ中に?」

真帆は頷きながら、ナビを罵倒する有沢の声を思い浮かべた。

「何か可笑しいですか?」隣の席に腰を下ろして、有沢が怪訝な顔を向けてくる。

七係で出会った当初は、まさか有沢と二人で事件の捜査をすることになるとは考えもしなかった。

堅物のキャリアとコンビで捜査をするくらいなら、恐ろしいほど退屈なデスクワークの毎日の方が余程良いと思っていた。

〈妹って、こんな感じなのかな……〉

その真っ直ぐな瞳を見つめ返し、有沢はやっぱり愛情豊かな家庭で育ったのだろうと、真帆は思った。

「今のうちに何か食べないと」

真帆が差し出したお握りを見て、有沢が笑顔も見せずに言った。

「大丈夫です。私、夜8時以降は炭水化物を摂らないので」

こういう場合、人はどんな言葉を返すのだろうと掌に載ったお握りを見ていると、有沢がトドメを刺すように言った。「三十過ぎると基礎代謝が著しく低下するんです」

椎名さんも気をつけないと……と言う有沢の声を聞きながら、真帆は残ったお握りにかぶりつき、スマホを開いた。

時刻は21：43。

郭が教会に入ってから約一時間が経つ。

有沢が来るまでにスマホで調べた情報によれば、夕方の礼拝は18時半頃から二時間弱が一般的とある。しかも、日曜礼拝が主流であり、平日の月曜日、しかも22時近くまで礼拝があるとは考えにくい。

「郭の後にも二人くらいの男女が入って行ったし……何か別の集会なのかな」

喉元でつかえていた飯粒を緑茶で流し込み、有沢に顔を向けた。

「ブーケを持っていたんですよね？　婚活パーティーとか……」

有り得ませんよね、と笑顔で教会の方を見ていた有沢が表情を変えた。

見ると、開けられた扉の中から男女の姿が現れた。

先刻、郭の後に入って行った男女だ。顔は覚えていなかったが、女が着ている茜色のブラウスを覚えていた。

二人は肩を並べて駅の方に戻って行く。

「あの二人に中の様子を訊いて来る」

真帆が立ち上がった時、有沢の手元のスマホが鳴った。

「あ、電話に出て。郭が出てきたら知らせてね」

スマホを操作しながら腰を浮かす有沢を制し、真帆は店外に飛び出した。

「すみません、ちょっといいですか？」

怪訝な顔で振り返る男女に笑顔を向けて、ポケットから警察手帳ではない私物の手帳を取り出した。

男女がどういう人物かは分からないが、教会に関係していることは明らかで、いきなり警察手帳を提示すれば、当然警戒して口が堅くなるはずだと咄嗟に思った。

胸の内ポケットからボールペンを引き抜き、メモを取る仕草を見せる。

「あ、勧誘とかではないです。実はあの教会の信者さんと縁談がある方のご両親から依頼されまして……教会の様子を少し伺いたいんですけれど」

できるだけ優しく、相手が断れない空気を作れば占めたもの……と言ったのは曜子だ。

今日のラッキーカラーは茜色。女のブラウスの色だ。

その効力か、四十代くらいの女の目が見開かれた。

「あ、分かった！　陳さんの息子さんのことじゃない？　そうでしょ？」

イヤ、それは……と、真帆は更に笑顔を作る。

少し距離を縮めてくる女を男が制した。

「やめなさい、そういう個人的なことは……」

「すみません、依頼者のお名前は言えないんですが……今夜は礼拝だったんですか？」

女はニヤリと笑った。

「ふふ……やっぱりね。あの息子さん、今夜も教会に行くとか行って別の彼女と」

やめなさい！　と再び男が制し、「今夜は信者代表の誕生会があったんですよ」と今にも立ち去ろうとする。

「主賓は男性ですか？」

「年配のご婦人です」と、男が答える。

「王さんと言って、都内の台湾人なら誰でも知ってる実業家よ」

「こら、そういう個人情報は……」

即座に窘める男に、「ネットで簡単に出てくる名前だもの、いいじゃないの」と少し気色ばんだ。

「郭さんという方と懇意にされてると聞いてますが……依頼者が……」

思い切ってその名を口にすると、少し声が震えるのが分かった。

男女は顔を見合わせた。

「懇意というか……」と、男が苦笑いのような顔になる。

「天敵よ。商売も似てるし、王さんに取り入ろうと必死なのよ。いろいろ便宜を図ってもらいたいんでしょうから……さっきもどっちが王さんを送るか揉めてたわ。今夜は郭さんが勝利したけど」

女の話にため息を吐きながら、連れの男はもう背中を見せて歩き出していた。

「あの、実は依頼主は、郭さんの店で起こった事件に、その方も何か関係してるんじゃないかと心配していまして」

「事件？　ああ、あの警察官が撃たれたとかいう……郭さんはいい宣伝になったって喜んでたのを、不謹慎だと陳さんが怒ってたのを思い出したわ……」

女は少し空を見てから言った。

「郭さんは金のためなら何でもするから、犯人に協力したんじゃないかって。何でも、陳さんに麻雀の借金が百万円近くあったみたいだけど、あの後すぐに返してくれたんですって。お店も傾いていたらしいのに怪しいって……」

まあ、それは冗談でしょうけれどね、と遠ざかる男を見遣った。

「とにかく、その縁談は無理ね」

じゃ、と女も男を追うように歩き出すが、真帆はその横につき、歩調を合わせながら更に問う。

「それでは、郭さんももうすぐ出て来られるんですね。お話が伺えると嬉しいです」

え？　と女が足を止めて、真帆を見た。

コンビニに戻ると、有沢がカウンターから立ち上がった。

「何か聞けました？」

「郭はもう教会にはいないって」

え!? となる有沢の隣に、真帆は脱力して腰を下ろした。

郭は30分ほど前に、王という老婦人をエスコートして裏手にある駐車場に向かったのだと、女が言った。

「その婦人は車椅子で、正面から出入りはできないからって……」

教会の門柱から出入り口の扉までに数段の階段があるのが見える。

「なるほど……どうりで、この時間になっても出て来ないわけか」

独り言のように呟(つぶや)く有沢に、真帆は男女から得た情報を話した。

郭はこの教会に通う信者であり、陳という商売敵がいるということ。

金のために、犯人に協力したのではないかという噂があったこと。

事件後に百万円近い麻雀の借金を返したこと。

だが、まだそれだけだ。

「やはり、華僑の人たちもそういう見方をしていたんですね」

「噂以外は借金を返したという事実だけだけどね」

「今度の日曜礼拝に、また聞き込みに来ましょうか。今夜より多くの信者が来るはずですし」

そう言って有沢は立ち上がり、「じゃ、行きましょうか」と車のスマートキーを見せた。

真帆は狛江まで有沢が送ってくれるのだろうと安堵し、近くのパーキングに停めてあった車の助手席に深々と身を沈めた。

「助かったぁ……もうヘトヘト……」

閉じかけた両目の前に、茶色の小瓶が現れた。

「飲んでください。今夜は徹夜になるかもしれませんから」

有沢が栄養ドリンクを真帆の膝に置いた。

「徹夜……って？」

「さっき、原宿の防犯カメラの映像を手に入れたと、例の鑑識のプロから連絡がありました。椎名さんの業務用パソに送ってもらったので、これから七係でチェックしましょう」

「これから⁉」

ぼんやりとしていた視界が鮮やかになる。

生き生きとした表情の有沢が、栄養ドリンクを一気飲みする姿が目に入った。

23・56。

スマホの表示を確認し、珈琲を淹れている有沢を見る。

若いっていいなぁ……と、つくづく真帆は思う。

「この茶色のゴミって、生ゴミですよね……いつのですか？」

さあ……と答えて、パソコンの映像に再び目を戻す。

〈伯母ちゃん……占いどおり、今日は厄日だったわ〉

一時間ほど前から同じ映像を見続けているせいか、その中を蠢く人の姿に焦点を合わすことが苦痛になってきていた。

事件発生時刻から数分後の原宿竹下通りの俯瞰映像だ。

商店街に設置されたカメラは、表参道側から原宿駅の方向を映している。

その人波の中に、赤ん坊を抱えたそれらしき男が駅方向に歩いて行くのが確認できる。

その男は迷う様子もなく、アクセサリーショップの中に入るが、映像がその後数時間にわたり記録されているものの、男と赤ん坊の姿は再び現れなかった。

真帆が考えたストーリーでは、男は店内のスタッフルームで着替え、裏口から隣のインテリア雑貨店に向かい、その店から出て行くはずだ。だが、隣の店から出てくる人物をスローで見るが、それらしき姿は一向に現れない。

深夜になり、次々と灯りが消える通りに人影は少なくなるが、電飾が全て消えることはなく、闇に紛れて姿を消すこともできない。

「あの店で一晩身を潜めていたとか……？」

「当然それは考えましたが、翌日の発砲事件の時刻までの映像にも映ってないようですね。まだざっと目を通しただけですが」

横浜の発砲事件は、翌日の午後だ。

原宿から横浜までの移動時間を考えれば、電車か車を利用したとしても一時間前には店から出なければならない。

けれど、実際、午後に夏未は中華街で保護されたのだ。

「変だね……ワープするわけはないし」

「ええ。やはり、この映像のどこかに必ず映っているはずです」

「うん。でも、良くこれ手に入れたね。あ、それであの時……」

中華街のカフェでメールを打っていた有沢を思い出す。

その後、車に戻ったのはそのプロとやらと電話をしていたのか……？

「そのプロ……って、鑑識課の誰？」

「それは言えません。言わない約束で送ってもらったんですから」

「だよね……」

有沢がマグカップを真帆のデスクに置いて、かつて自分が使用していたデスクに戻る。

先刻から有沢も、真帆が転送したタブレットの映像をチェックしていた。

このデータが鑑識課のどこかに存在していることは間違いない。

〈いや……もしかしたら、もっと上層部の人物が保存している可能性も……〉

映像を、再び男と夏未がアクセサリーショップの中に入ったところに戻す。

あれ……？

その後ろ姿を何度も見直しているうちに、男の歩き方にはある特徴が見られることに気づいた。

やや俯瞰気味なので足元は見えにくいが、両肩の左右の揺れに違いがあった。

右肩に比べて、左肩の沈み方が大きく見える。

〈右足を少し引きずる癖がある……？〉

立ち上がってウロウロと歩き始めた真帆に、有沢が呆れたような声を出した。

「お手洗いですか？」

「……ねえ、この男の歩き方って、どう思う？」

歩き方？　と有沢が手元のタブレットに目を戻し、「……どう思うって、別に」と怪訝な顔を向けてくる。

「何か右足を引きずっているように見えるんだけど、気のせいかな」

真帆の言葉にタブレットを操作し始めた有沢が、顔を上げて首を傾げた。

「特に障害がなかったとしても、歩き方って、人それぞれ癖がありますよね……足元が映っていれば歩容認証で個人の特定ができますが、この映像では無理ですね」

第一、容疑者自体が特定できていないんですから、と有沢は関心がなさそうに手元に目を戻した。

空調が切られているせいか、室内はしんと静まり返っている。眠気を振り払うために、真帆はスマホのラジオアプリを開いた。ながら聴きをするなら、ラジオの深夜放送が一番だ。女性のパーソナリティの声がして、すぐに軽快なポップスが流れて来る。有沢が顔を上げて反応する。

「ごめん。うるさい?」

「あ、いえ……受験勉強している頃を思い出しました」

真帆にも覚えがある。

そう言えば……と、真帆は吾妻から聞いた塾の話を思い出した。

「新堂警部補の息子さんが?」

「うん。係長んとこの娘さんが通った塾を紹介してもらったんだって」

「その塾って、『ブロッサムアカデミー』ですよ。あの桑原氏が経営している……」

当たり前のように有沢は言った。

やはり、そうか……。

「七係に出向になってすぐに、係長から中学受験をする娘さんの塾選びの相談に乗って欲しいと……」

重丸の娘は昨年末に塾の講師との折り合いが悪くなり、別の塾を探していたのだという。

「受験間際のトラブルで、娘さんがやる気を無くしていると心配していて、私が中学受験の時に通った塾はどこかと」

「あ、あなたも「ブロッサムアカデミー」に通ったって言ってたね」

「私も親にいろんな塾に行かされましたけど、中学受験の時だけ新宿本校に一年ほど通いました。係長の娘さんは別の大手塾に行ってたそうですけど、場所や講師が変われば新鮮な気持ちで再スタートできるかなと」

「……あの事件後に塾に入ったのか。もちろん桑原の経営する塾だと知っていたはずよね」

「そうだと思いますけど、お互いにその時は事件の話には触れませんでした。でも、係長の娘さんはブロッサムの練馬校に移ってから成績もだいぶ上がったらしいです」

今春、重丸の娘は無事第一志望校に合格した。

「そうですか。新堂警部補の息子さんも……何だかちょっと嬉しいです」

え？　と有沢を見ると、映像を見ながら珍しく口元を綻ばせている。

〈いや、そういうことじゃなくて、問題は……〉

「まさか、これって、偶然じゃないと言いたいんですか？」

真帆の無言の呟きを読み取ったかのように、有沢が笑みを残したまま首を傾げた。

「それはちょっと考えすぎだと思いますけど」

02:37。

スマホの表示が揺れている。

揺れているのは真帆の体のほうで、体力はもちろん、気力も限界に近づいていた。

数十分前からインテリア雑貨店から出てくる人物の映像をスローで見続けていたのだが、栄養ドリンクの効力も切れたようだ。

だが、頭の中で、またひとつの仮説が出来上がっていた。

「椎名さん、私思うんですけど……」と、有沢がさすがに疲労を隠せない顔で真帆を見た。

「女装だよね?」

有沢の顔に輝きが戻る。「椎名さんもそう思いました?」

「うん。着替えるとしたら、女装だね。赤ちゃんもいるし」

店に出入りするのは、カップルか赤ん坊連れの女性が多く、出てくるのももちろんそれらの人々で、男の一人客の姿は見られなかった。

出てくる赤ん坊連れの女性に絞って捜し始めるが、元々の男の顔が不鮮明であるから、中肉中背の女性はどれもこれもがその男に見えてくる。

それらの人数は店が閉まる時刻までは二十数名。その中から、明らかに外国人と思われる者を除くと半分になる。

真帆は先刻気になった歩き方を参考にしようと考えていたが、カメラから更に遠くなった映像では、ズームすればするほど不鮮明になる。

有沢が言ったように、僅かな肩の揺れなど分かるわけがなかった。

「これ、もっと鮮明化できるといいんだけどな。でなければ、反対側からのカメラのデータとか……」

チラリと有沢を窺う。

「これを手に入れるのは結構大変だったんです。これ以上は問題になった時に言い訳ができません」

「だよね……」

有沢の協力者がどういう立場の者かは知らないが、上にバレれば二人とも懲戒処分を喰らうことになるだろう。

「同期なんですよ。彼の足を引っ張ることは死んでもできません」

同期か……。

おそらく、有沢のように正義感の強い〈真っ当な警察官〉に違いないと思った。

「でも、明日また頼んでみようと思っています。私もその作業に興味がありますし」

「そうなんだ……ありがたいね、同期って」

「ええ。互いの足を引っ張ることに命を懸けている同期もたくさんいますけど」

有沢はそれらの顔を思い出したのか、「最低な奴らです」と軽やかに笑った。

その笑い声がどんどん遠のいて行く……。

有沢の声とラジオから流れる長閑な音楽を聴きながら、いつしか意識を失っていた。

気がついたのは、窓の外が白み始めた午前4時過ぎ。

有沢もデスクに突っ伏して寝入っているのが見えた。

僅か一時間ほどの睡眠だったが、なぜか寝起きの怠さは感じられなかった。

真帆はキャビネットに常備してある膝掛けを取り出し、有沢の肩にそっと掛けた。

その気配に反応し、有沢が首の向きを変える。

窓からの淡い光を受けて、その整った顔が歪んで小さく呟いた。

トウゴ……。

そう聞こえたような気がした。


約30分後、目覚めた有沢が狛江まで送ると言ったが、それを断り、真帆は電車を乗り継いで帰宅した。

曜子が起きないようにそっと三階まで上がり、顔も洗わずにベッドに転がったが、意識を無くす前に見たスマホの表示は06：07。

その後は記憶にない。

夢の余韻もなく目覚めると、すでに陽は傾き始めていた。

すぐにシャワーを浴び、簡単な身支度をして玄関に向かう。

夕方までに［ブロッサムアカデミー新宿本校］に到着するためだ。

重丸の娘はその練馬校に通っていたこと、そして、新堂の息子も……。

有沢は真帆の考え過ぎだと関心を持たなかったが、偶然にしては出来過ぎているという違和感は拭えなかった。

新堂の真意は分からないが、塾にあたれという意味だと理解する。

桑原の周囲の人物から、塾の実態や桑原の人物について、何らかの情報が得られるはずだ。

犯人は桑原夫妻の身近な関係者であると、真帆は思っている。真帆だけでなく、有沢はもちろん、おそらく捜査にあたった捜査員たちの見立ても同じに違いない。

犯人は、桑原がその大金をすぐに準備することが可能だと知っている……。

良い母親をアピールしている割に、サツキは、普段は子どもの世話には無関心だということを良く知っている……。

そして、誘拐事件と銃撃事件の詳細を警察が公にできない理由も知っている……。

それらの桑原の弱点を知る者……。

有沢との会話を思い出す。

『一課の捜査員が唯一教えてくれたことがあるのですが、事件前に、ブロッサムの元講師だという者が不当解雇を訴える書き込みがあったらしいです。でも、事件後すぐに削除されたようです』

「その元講師が容疑者……？」

『容疑者なら、とうに逮捕してるか、逃亡中なら全国に指名手配されてるはずです』

有沢には、やれるところからひとつずつ、などとまともなことを言ったが、真相に行き着くまでにはどれくらいの時間が必要なのかと暗澹たる気持ちになる。

〈ま、行ってみるしかないか……〉

映像の鮮明化にプロと一緒に挑んでいるはずの有沢と、今日は別行動だ。

外階段を降りて行くと、その音に気付いたのか、一階の洋品店のガラス戸から曜子が顔を出した。

「デートならいいけど、仕事だったら大概にしなさいよ！」

女が仕事で頑張ったって碌なことないんだから……と言う曜子に片手を上げて、足を速めた。おそらく、またスマホに占いの結果が届くのだろうが、今日は見ないことにする。

成城学園前で急行電車に乗り継ぎ、30分弱。慣れ親しんだ新宿西口に着く。

荻窪東署にいた七ヶ月前までは、度々西口にある居酒屋で一人呑みをしていたが、夕方の新宿は久しぶりだった。

スマホのルートアプリを頼りに青梅街道を左に折れ、５分ほど歩いて目的地のビルに到着した。想像していたより大きなビルで、エントランスのフロア案内板に、三階から六階までが［ブロッサムアカデミー新宿校］とあった。

案内板にあった三階の受付カウンターで桑原の所在を問うと、受付の男性スタッフが真帆を見下ろしながら、何者かとも問わずに抑揚のない声で返答した。

「社長は出張中で、本日は出社しておりません」

「では、どなたかお話しできる方はいらっしゃいませんか？」

警察手帳を提示し、あえて威圧的な声を出す。

長々と説明する相手ではない。手っ取り早く、手帳と硬い声で突破する。

これも、あの古沢巡査から学んだことだ。

男性スタッフは一瞬押し黙り、真帆の全身を眺めてから「こちらへ」と、カウンターの横に見える［面談室］と書かれたドアを指し示した。

雰囲気はまるで違うが、取調室くらいの広さだ。

壁に、小中高大の今春の合格者数が書かれた紙が貼られている。

少しして、年配の女性がにこやかな笑顔で現れた。

「事務長の平田です。ご用件は私が承ります」

口角は上げているが、目の奥に警戒心が表れている。

苦手なタイプだ。一瞬で気が滅入ったが、相手に合わせて笑顔を作る。

「事務長さんは、二年前もこちらにお勤めでしたか？」

ああ……、という顔になって、平田は椅子を勧めて自分も向かい側に腰を下ろした。

「私は先代社長が亡くなるまでは社長秘書でしたが、現社長になってからはここの事務長をしております」

真帆はタブレットを出し、有沢が手に入れた捜査資料を開く。

先代が亡くなったのは、事件の数ヶ月前とある。

「二年前の誘拐事件の時は、桑原氏は所沢で会議中だったとありますが、これは間違いありませんか？」

「間違いないです。社長のスケジュールは、私が管理してますから」

「桑原氏は普段はこちらにいらっしゃるのですか？」

気のせいか、平田の顔が少し曇ったように見えた。

「社長は多忙ですし、都内や埼玉の分校も回らなければなりませんから……」

「え？……社長さん自らがですか？」

社長という言葉からは、本社の社長室で決裁書に押印したり、部下を叱咤するイメージしか湧いて来ない。それを口にすると、平田は更に口角を引き上げた。

「創業者の先代の教えだと思います。社員や講師とフレンドリーな関係を保って、それぞれの弱点を共に考え改善するのが代表取締役の仕事だ、と」

歌うように言い、平田は真帆の背後に目をやった。

その視線の先を振り返ると、創業者である先代の写真が飾られていた。

真帆は頷き、再びタブレットに目を戻した。

「あの事件の半年くらい前に先代が亡くなったんですね？　そして、一人息子さんの桑原氏が社長になった……それまで桑原さんは……」

「副社長の肩書きでした。先代は七十歳を過ぎてから大腸癌を患っていましたから、早く引退したいと言ってました」

「闘病中だったんですか。では、桑原氏も社長になる気構えというか、覚悟は当然できていらっしゃったんでしょうね」

捜査資料には、先代の急死でいきなり社長に就任し、その重圧からパニック障害を発症したとある。

「当然です。社長になってから分校も増やしましたし、今度また名古屋に新設する予定があるので多忙を極めております」

平田は自分のことのように言い、少し顎を上げて微笑んだ。

曜子より若いのだろうが、派手なメイクのせいか、余計に老けた印象を与えてくる。

ドアが軽くノックされ、事務服姿の若い女が入室し、真帆の前に緑茶の湯呑みを置いた。

「私の知り合いのお嬢さんも、こちらの塾の練馬校で学んで、今年難関の私立中学に合格したんですよ。とても良い講師さんに教えていただいたと感謝しています」

平田の目がスッと細まった。「……練馬校ですか。練馬校も都内で四番目に大きな塾ですし、優秀な講師陣が揃っています……でも、合格率はこの本校が一番です」

はあ……、と返答の言葉を探していると、ドアの外で一礼する女の口元が僅かに綻んでいるのが見えた。

「桑原氏が社長に就任することで、取締役会などで揉めたようなことはなかったんですね？」

「ありませんよ。取締役はご親戚の方々ですし、皆さんご高齢ですから」

「では、こちらの本校か、他の分校で桑原氏から不当解雇をされた人とかは……もう削除されてますけど、当時ネットにそういう書き込みがあったらしいのですが」

真帆の言葉尻に被せて、平田が笑い声を立てた。

「社長は講師陣をとても大切に思っております。不当解雇など、有り得ません」

毅然と言い放ち、平田は腰を上げてドアを指し示した。

ビルの外に出ると、空が暗い色に変わっていた。

時刻はまだ18時前。この季節にしては日が暮れるのが早い。雨が来るのかもしれないと空を見上げながら歩き出すと、真帆を追い越して早足で歩く女に気付いた。

茶を運んできた若い女だ。白いシャツと黒のスキニーパンツに着替えていたが、その特徴的な髪型で間違いないと思った。

足を速めて横に並んで声をかけた。真帆を見て、すぐに足を止めた。

女は切り揃えられた前髪を揺らして真帆を見て、すぐに足を止めた。

正面から見るとベリーショートだが、後ろ髪はシニヨン風にまとめられている。

「先ほど、ブロッサムでお会いした事務の方ですよね？」

はい、と明快な声を出して、なぜか女はまた笑顔を作った。

その笑みの意味はすぐに分かった。

「あの事務長に社長のことを訊いても無駄だと思うけど」

「どういうことでしょうか。お時間は取らせませんからお話しいただけますか？」

どちらからともなく歩き出すと、女が旧知の友人のような言い方をした。

「ここだけの話ってことで良い？」

「もちろんです」

ここだけの話というのが知りたいのだから。

「どこか、静かな喫茶店とかご存じないですか？」

真帆は、西口の煙草臭い喫茶店を思い浮かべたが、若い女は絶対に嫌がるに違いないと思った。だが、驚くことに、女はその店の名前を口に出して「煙草臭いけど、大丈夫？」と、真帆を見下ろした。

新宿駅西口近くのビルの一階にある［純喫茶　サボイア］は、真帆も数回入ったことがあった。

一時期は禁煙になっていたが、客足が減り再び喫煙可能になったようで、ドアを開けた途端、煙草の臭(にお)いが鼻を突いた。

女はスガワラと名乗った。

珈琲(コーヒー)とミックスサンドを注文すると、断りもせずに細い煙草を口に咥(くわ)えた。

「さっき、練馬校の話をした時、塾長が不機嫌になったでしょ？　分かった？」

「あ……確かに」

「練馬校の塾長って、うちの事務長の天敵なのよ」

ふん、と笑った口元から、白い煙が吐き出された。

「歳も同じくらいのバアさんでさ……もう二十年以上勤めてるらしいんだけど、入社時期が一緒らしくて……」

〈ここでも同期か……〉

「先代から今の社長のことを助けるように頼まれたとか……それなのに、社長本人は練馬の塾長の方がお気に入りみたいで、何かって言うと練馬校に相談に行ってるって噂よ」

二人は元々は新宿本校の同僚だったというが、現社長に替わってすぐに、そのライバルが練馬校の塾長に就任したという。

「うちの本校には塾長はいないから、あの事務長が塾長みたいなもんで、聞いた話じゃ給料も変わらないはずだって……」

どっちでも良いじゃん？と、スガワラは半分ほど吸った煙草を灰皿に押し付け、珈琲を啜った。

真帆はタブレットを取り出して、供述調書を開いた。

「先ほど事務長さんにもお聞きしたんですけど、桑原社長とトラブルになった人はいませんか？」

桑原社長の供述には、心当たりはないとある。

スガワラはニヤリと笑った。

「事務長は、そんなトラブルは一度もないって言ったでしょ？」

頷く真帆を見て、スガワラはフンと鼻で笑った。

「あのバアさん、社長を息子か弟みたいに思ってるから、ホントのことなんか言うわけないよ。トラブルなんて、いっぱいあるって、フツーに」

「そうなんだ……」

うっかりと、真帆もタメ口になる。

「ま、塾生の親からのクレームが一番多いけどね。あたし入社して三年目だけど、今の社長は大きなクレームが入った講師はクビにすることが多いかな……」

「二年前くらいに、そういうトラブルで揉めたことは？」

真帆が前のめりに顔を近づけると、

「あの事件に関係ありそうなトラブルってことでしょ？」

「ええ、あの事件の前にブロッサムの元講師だという人物が不当解雇を訴える書き込みがあったらしいのですが」

スガワラも真帆に顔を近づけ、声を潜めた。

「それ、あたしが怪しいなって思ってるトラブルのことかも……」

二年前にも警察には話したんだけどな。聞いてないの？　と、真帆の手元のタブレットを覗き込んだ。

スガワラと別れて店を出ると、思った通り大粒の雨が降り始めていた。

西口周辺の電話ボックスの場所は以前から知っている。

小走りで駆け込むと、スマホで有沢に電話を入れた。

騒がしい街中では、出来るだけ電話ボックスで通話することにしていた。

蒸し暑いボックス内は気持ちの良いものではないが、トイレの個室にも似た不思議な安心感がある。

『これから練馬ですか？　大丈夫ですか？』

スガワラから聞いた話と、練馬校に向かうことを告げると、有沢は少し声を小さくして言った。『私も行った方がいいですか？』

有沢は、竹下通りの防犯カメラの映像の鮮明化を依頼するために、刑事局の鑑識課にいるはずだった。

「こっちは大丈夫。どう？　やってもらえそう？」

『はい、結果は数日後になると思いますが』

鑑識課にいる同期の警察官が近くにいるのだろうと、真帆は思った。

「じゃ、明日。また連絡するね」

真帆も有沢も、明日からは通常勤務に戻る。自分は暇な七係への出勤だが、有沢はまた仕事や勉強に忙殺されるはずだ。今夜はゆっくり休んで欲しかった。

有沢が何か言う前に電話を切り、ボックスを出て駅ビルに走り込んだ。

練馬までは、地下鉄大江戸線で約20分。

帰宅ラッシュの車内で、真帆はスガワラの言葉を思い出した。

『あの事件のひと月前くらいだったかな……小学生の塾生同士が喧嘩になって、片方の子が腕を骨折しちゃったんだけど、その時の授業を受け持っていた講師がソッコーでクビになってさ。その講師がネットに塾の悪口を書き込んだり、嫌がらせの電話もかけてきたりしたんだけど、警察沙汰にすると塾の評判が悪くなるって、金で解決しようとして……』

〈……百万円の退職金を渡そうとしたが、金額に不満があった講師が受け取りを拒否し

た？〉

『社長は数倍の金を払うことでケリをつけようとしていたらしいんだけど、その後から講師に連絡がつかなくなったんだってさ』

〈数百万円より二億円を奪おうと計画した……？〉

それが真相なら、真っ先に疑われるのは目に見えている。

けれど、桑原の供述書には、犯人に心当たりはないとあった。

〈その人物のことを警察に話さなかったのは何故……？〉

『その講師っていうのがさ、練馬校の塾長の縁者だっていうから話がややこしいのよ。ウチの事務長は何をされるか心配で眠れないとか言ってたけど、何か嬉しそうだったよ』

〈天敵の縁者が問題を起こしたことへの優越感？〉

練馬駅のホームに降り立ち、改札前でICカードのチャージをしようと財布を開けると、先刻の喫茶店のレシートが目に入り、またもやスガワラの声が蘇る。

あの時、真帆が伝票を持って立ち上がると、スガワラは数本目の煙草を揉み消して言った。

『割り勘でいいよ。警察に奢ってもらうって何だか取り調べ受けたみたいで気色悪いもん』

警察ではなく、真帆個人の当然の支払いだと言うと、スガワラは五百円コインを差し出して、『じゃ、これだけ。あたしの方が歳上なのに悪いね。来年で三十になっちゃうんだよ』と笑った。

二歳も下のスガワラに笑顔で頷き、真帆は足早にレジに向かったのだった。

若く見られたことは嬉しいが、結局、見た目は一人前の刑事ではないのかもしれないと、少しだけ落ち込んだ。

練馬駅の外は、新宿より雨が激しく降っていて、風も強かった。

駅構内のコンビニで買ったビニール傘が頼りなく揺れる。

何かに憑かれたように練馬まで来てしまったが、夜の雨は体の芯を冷えさせて、「ブロッサムアカデミー練馬校」に着くまで、真帆の足取りは重かった。

告発 Ⅲ

雨の日は憂鬱(ゆううつ)でたまらない、と妻が言う。

だが、その顔は少し嬉しそうに見える。

雨の日は決まって同じ言葉を口にし、同じような顔になる。

弁当作りの面倒を省くことができるからか……と、以前は思ったこともある。けれど、彼が弁当を開く時に感じる味気なさを、妻も一人の家で同じように感じていたことに気付いた時から、その芝居じみたセリフに付き合うことにしている。

結婚前、妻は素直に物を言うのが苦手なのだと知った時、その面倒な性格を疎んじたこともあった。だが、それは妻の魅力の一部であることが分かってからは、この縁を後悔したことはない。

「悪いな、今日は休むわけにはいかないんだ。夏期講習のカリキュラム作りを手伝わないといけないんだ」

そう言うと、妻は一瞬真顔になったが、すぐに笑顔で頷いた。

今夜はケータリングの夕食も準備されると聞いていた。それを告げると、妻は「あら、助かったわ。でも、それなら昨日のうちに言っておいてくれたら良かったのに」と頬を膨らませた。

出勤するのは週に三日だが、台風や大雪はもちろん、本降りの雨の日は在宅勤務という形で塾には顔を出さずに済んでいた。

自ら望んだわけではない。面接の時に塾長から言い渡された勤務体系だった。

その理由はすぐに分かったが、妻は不服そうな顔をしながら「あら、良かったわね。VIP待遇なのね」と、乾いた笑い声を立てた。

その変わった勤務体系に、特に屈辱は感じなかった。拒否すれば再び職探しに苦労することだと目に見えていたから。

『何で練馬校に勤めることになったんスか？　やっぱお宅から近いからスかね』

いつだったか忘れてしまったが、以前、車を走らせながらキムラが訊いてきたことがあった。

頷いたけれど、本当は違う。練馬校に勤務するから、越してきたのだ。

以前の住居からは、新宿本校の方が近い。

転居した本当の理由を知るのは、彼と妻、そして彼のかつての上司だけだ。

出勤日は、午後の2時ぴったりに彼の家のインターホンが鳴る。

勤め始めて数日が過ぎた頃、コピー機を使用するために事務室の前を通りかかると、キムラと塾長の会話が耳に入った。

『何を話したらいいか、分かんないんスよね……やっぱ気ぃ遣っちゃうし』

キムラはいつもの軽い調子で言ったのだろうが、彼は少し傷ついた。

予想しなかったわけではない。キムラに限らず、彼に関わる者の本音に違いないのだから。

その日から、彼はそれまで以上にキムラの話に付き合うことにしている。

午後の情報番組をぼんやりと眺めていると、いつもより早い時刻に玄関のチャイムが鳴った。

「すいません。夕方から大雨になるらしいんで……」

玄関先で、キムラは妻に向かって言った。

キムラは渋滞を何より嫌う。渋滞を好む者などいないだろうが、二人きりの移動時間が長くなるのを避けたいのだろうと彼は思っている。

けれど、キムラの今日の予想は外れた。車はいつものスピードで順調に進んでいる。

「ホントに嫌な雨ですよね。今日からしばらく続きそうだけど、休めないんスか?」

キムラは今日も饒舌(じょうぜつ)だ。

その後も車の流れは滞ることなく、キムラが講師の噂話を言い終わらないうちに、ワゴン車は普段より30分ほど早く塾のあるビルの前に着いた。

彼がフードを被(かぶ)って降車の準備をしていると、正面入り口に向から見慣れない男の姿が目に入った。

サイドブレーキを引き、振り返ったキムラが彼の視線を追った。

「ああ、先週からうちに来ている新しい先生ですよ。中学受験コースの英語担当だったかな……」

「やっぱりボスの推薦かな」

新規募集する季節ではない。

「どうなんスかね。ボスが推薦したって、決めるのは塾長ですけどね」

キムラは笑いながら、バックドアを開けるために運転席から外に出た。

妻は内心では雨を歓迎しているし、彼も雨空を見上げるのは嫌いではない。だが、今日のような雨の日の外出は苦手だ。

普段よりも他人に手間をかけてしまうから。

時々、何のためにここへ通っているのか彼は分からなくなる。

自分の選択が、目的への突破口に向かっているのかどうか不安になる。

だが、今できることは、ここに通うこと以外にないのだろうと、少し筋肉がつき始めた腕に力を込める。

タイヤを操ることにはすでに慣れたが、慣れることを受け入れているわけではない。

雨であろうと晴れであろうと、日々はあっという間に過ぎて行く。

彼の惑いを置き去りにして。

事務室の前を通ると、受付の窓ガラスが開いて塾長が顔を出した。

「雨の中ご苦労さまです。会議室に準備ができてますからお願いしますね」

いつもの笑顔だが、どこか今日は華やいで見える。

事務室の奥に目をやると、彼が思った通り、社長の桑原が窓際のソファに座ってスマホを弄る姿が見えた。

気配を感じてか、桑原が顔を上げて目を合わせた。

この半年間で、彼が桑原と目を合わせたのは、今日で二度目だ。

一度目は初めてこの塾を訪れた面接日だったが、その時も桑原はすぐに目を逸らし、頭を軽く下げただけだった。

『ご事情は社長から伺っています。勤務体系や給与はこちらになります。丁度こちらも講師や塾生の相談役を探していたので助かります』

口を利いたのは、塾長だけだった。

その間、桑原は今のように窓際のソファに座り、手元のスマホを見つめたままだった。

後にキムラから聞いた話では、桑原は極端に口数の少ない男で、いつも塾長や少数の事務員としか話をしないということだった。

『ボンボンですからね。ずっと子どもみたいな人なんスよ』

キムラがそう言って笑ったのを思い出す。

けれど、彼は桑原の真意を分かっているつもりだった。

自分を雇い入れてくれたのは、単なる同情や打算ではないことを。

桑原は桑原なりに誠意を示しているのだと、彼は理解していた。

無論、かつての上司の強い口添えが功を奏したことは間違いなかったけれど。

塾長がガラス窓を閉め、彼はエレベーターの前に移動したが、また静かにバックして事務室内を覗いた。片方のタイヤが、人工大理石の床の上で小さな音を立てた。

一瞬息を止めるが、事務室内から彼の方を見る者は誰もいなかった。

室内では経理の事務員二人がパソコン作業をしていて、奥の応接セットに桑原と塾長が向かい合っていた。塾長が何やら書類のような物を広げて説明しているが、桑原は相変わらずスマホに目を落としたまま頷くのが見える。

「すいません、ちょっと駐車に手間取っちゃって」と、キムラが走り込んで来た。

一人で大丈夫だと告げると、キムラは首を振って、「床があちこち濡れてますから、上まで一緒に行きますよ」と、背後のハンドルに手をかけた。

エレベーターに乗り込むと、彼はキムラに言った。

「ボスが来てたね」

「ああ、何か、塾長に急に呼び出されたとか……俺、昼過ぎにボスの家まで迎えに行ったんスよ」

「ふうん、大変だね、君も」

「仕事ですもん……っつうか、ホントは行きたくないんだけど、あの家」

エレベーターから出て、長い廊下を会議室まで向かう。

「ボスとは車の中でも良く話はするのかな？」

「いやぁ……ろくに話らしい話は……大体寝てますしね、ボス」

「ふうん……じゃあ、つまらないね」

「全然。楽でいいっス。あそこの家政婦のバアさんはマジで無理っスけど」

「感じ悪い……とか？」

「そんな可愛いもんじゃないスよ。言うこともキツいし……なんせ、目が怖い」

あんなバアさんと同じ家によく一緒にいられるな、と呟きながら、キムラは会議室のドアを開けた。

スチール製の長机が並び、数人分のパソコンが置いてある。

壁の時計は18時を少し過ぎている。

「やっぱ、ちょっと早かったスね」

小中学生の授業が終わるまで、まだ二時間近くある。それからカリキュラム作成に加わる講師たちが夕食を済ませ、会議を始めるのは20時半の予定と聞いていた。

しばらく、この室内には誰も来ないはずだった。

じゃ、と去ろうとするキムラに声をかける。「少し、話し相手になってもらえないかな」

え？ と足を止めるキムラが複雑な顔を向けて来る。

「いや、忙しいよな」と彼が笑うと、キムラは一瞬安心したように顔を緩めるが、数秒ほど考えてから彼の横にあるパイプ椅子に腰を下ろした。

「全然、大丈夫……雨ですもんね、誰だってこんな誰もいない部屋に一人でなんかいたくないっスよね。俺が時間早めて迎えに行っちゃったわけだし……」

「そんなことは構わないんだけど……そうだね、雨の日は憂鬱(ゆううつ)だね」

妻と同じようなことを言ってみる。嘘ではないが、今の気分はそれほど憂鬱ではない。

「ボスの話でもしようか？」と、言ってみる。キムラが話題を探す苦労をしなくていいように。

「ボスがどうかしたんスか？」

「いや、さっき見かけた時に気付いたんだけど、前より随分痩(や)せたなと思ったもんだから」

ああ……と、キムラが体の力を抜いたのが分かった。

「名古屋に新設する分校の資金繰りが大変みたいで。俺にはよく分かんないけど、事務員の間では今回ばかりはポシャるんじゃないかって」

「そうなんだ……大変だな、まだ若いのに」

「塾長は最初から反対してたみたいだけど、どうも名古屋にコレがいるみたいで」

男は小指を立てて、ヘラッと笑った。

「多分、それも原因なんじゃないかな、ヨメが実家に帰ったのも」

そのことは事務室内では公然の秘密で、名古屋という言葉が出る度に事務長は不機嫌になるという。

「へえ、意外だな。ボスは子煩悩だって聞いていたから、そっちの方は真面目なのかと思っていたよ」

「いやいや、ボスは俺と同じで子どももヨメも鬱陶しいって。まあ、半分は冗談でしょうけど」

「でも、あの事件の後は家族の大切さに気づいたんじゃないかな」

「そうっスかね。ま、ヨメは元々子どもを家政婦に任せっきりだったみたいで、たまにボスが抱いても泣きっぱなしで嫌になるって」

「ふうん……じゃ、あの事件の時は家政婦のバアさんはショックだったろうな、親以上に」

どうっスかね、と気が無さそうにキムラは鼻先で笑った。

「先代の愛人って噂があったバアさんですからね、ボスは複雑なんじゃないスかね」

「ところで、ここの塾長は、本校や他の分校の取締役よりずっとボスに影響力があるんだね」

だから、と彼は言いながら少し緊張する。

「自分の縁者の元講師が疑われても、ボスとはいい関係でいられるんだろうね」

「まあ、表面上はね」

「君はその講師のこと、なんか聞いてないのか？　今はどうしてるんだろうね？」

「さあ。なんせ口に出しちゃいけない話ですからね。でも、噂じゃ、どっか海外に行ったんじゃないかって」

　羨ましいっスよ、とキムラはため息を吐いた。

「ふうん、それも塾長やボスが面倒を見たとか？」

「でしょう？　多分。あの二人は親戚みたいなもんスからね」

　桑原の母親は十年ほど前に他界したと聞いていた。

「じゃあ、あの事件の時も塾長が心の支えになったんだろうね」

「心の支えっつうか、一晩で何億もの大金を用意できたのは塾長のおかげだってボスは言ってましたよ」

　塾長のおかげ……？

「塾長の預金を借りたとか？」

「まさか。そんなに溜め込むほど給料は良くないスよ」

　キムラはため息混じりに笑い、「これはマジで、ここだけの話なんだけど」と、声を潜めた。

「先代には隠し財産があって、その管理をしていたのが塾長なんじゃないかって」

　噂ですけどね、と言い、子どものように人差し指を唇に当てた。

「塾長は銀行から借りたって言ってたようスけど、そんなに短時間で貸してくれるはずがないって、皆言ってますよ」

「ふうん……」

隠し財産を塾長が管理、と彼は頭の中にメモを取る。

少し沈黙して、キムラは決心したように顔を上げた。

「こんなこと訊いちゃ悪いと思ってたんだけど……」

「え……？」

目を合わすと、キムラは視線を下に逸らして言った。

「何で、車椅子の生活になったんスか？……杉藤さん」

いつになく真面目な口調で、キムラは久しぶりに彼の名を口にした。

キムラが退室すると、急に寒々しい空気が纏わりついてくる。

雨はますます激しくなり風も出てきたようで、窓ガラスを伝う水滴が斜めに走るのが見える。

キムラの質問に、真実を語ることはできなかった。

原因は交通事故だと答えると、キムラはすぐに納得したようだったが、更に訊いてきた。

車？　衝突事故？　いつ？　どこで？　保険は？

『やっぱり……そうじゃないかと思ってたんスよ。ボスや塾長に訊いても個人情報だからって教えてくれないし。家まで知ってるんだから、個人情報も何もないのに、変だなってずっと思ってて……いや、俺が知ってても別に何ができるわけじゃ……』

繕うように喋り続けるキムラを制して、彼は笑いながら首を左右に振った。

『いや、君がいなかったらここに勤めることはもっと難しかった』

身体の介助が必要な時も、キムラは嫌な顔をせず世話をしてくれていた。

この男は、根は純真な人間なのだろうと、彼は思った。

だが、ここで真実を伝えれば、間違いなくキムラは距離を取るだろうと思った。

彼にとって、キムラの存在は大きい。

キムラと話すようになってから、彼は彼なりのやり方でキムラとの距離を縮めたのだ。得た情報はまだ真相には遠いだろうが、少しずつそこへ向かっていると感じている。

小中学生の授業が終了したらしく、左右の壁から物音がし始め、彼は考えを中断した。これから講師たちが各教室で夕食を摂り、この部屋に顔を出すことになる。

彼はスマホを取り出し、先刻キムラから聞いた塾長がらみの話をメモし、未だに覚えられない長いメールアドレス宛てに送る。そして、おもむろに長机に置かれていた仕出し弁当を開いた。

妻の弁当より遥かに美しいが、一人で食べることに変わりはなく、作り手の温もりも当然感じられない。

彼は黙々と箸を進めた。

咀嚼(そしゃく)音に窓ガラスに当たる雨の音がプラスされ、間もなくスマホの着信音が思った以上に大きく響いた。

《情報をありがとう。調べてみます。近いうちにお宅にお邪魔するかもしれません》

久しぶりのメールに、気持ちが少し明るくなる。

時々彼の方からメールをすることはあったが、それはお互いの情報を共有するためだった。それでも以前の仕事を今でも続けているような錯覚に陥ることがあった。

あの人がわざわざ訪ねてくれるということは、何かしら進展があったということだろうか。

彼が得た情報を立証するものはまだない。だが、進展は僅(わず)かでも、同じ目的を持つあの人と話すのは楽しい時間になるに違いない。

妻の喜ぶ顔が浮かんだ。

捜査Ⅳ

真帆が練馬に向かった日から三日が経っていた。

その間、有沢は本来の業務に追われ、真帆もまた別件の捜査資料の修正などに時間を奪われていた。

今日の午前中は粛々と仕事をこなしていた重丸だったが、やはり午後から姿を消していた。

捜査の話はしなかった。というより、重丸は全身でその話題を拒絶するかのような態度だったから、下手なことを言い、重丸との関係を悪化させたくはなかった。

新堂からどのように聞いているのかは分からないが、当然重丸は真帆や有沢の行動を知っているはずだ。

巻き込みたくはないが、勝手に捜査することは黙認するということだと解釈する。

「今週中になんて……これって絶対嫌がらせだよ」

『大袈裟(おおげさ)だって。上半期のダラダラ仕事が問題になったんじゃないのか？』

愚痴をぶつける相手は、いつものように吾妻だ。

確かに、ここしばらく本来の仕事が手つかずだったが……。

「っていうか……木曜から聞き込みの手伝いしてくれるんじゃなかったけ？」

今日はもう金曜日だ。

『有沢さん、今忙しいらしいじゃん。時間が取れるようになったら一緒に聞き込みに回ろうかと思ってさ』

「あ、そう。私、明日からなら自由になるけど？」

『……で、練馬の塾で新しい情報は摑めたのか？』

吾妻がすぐさま話を逸らす。

塾から練馬駅に戻り、事務員と話をしたことは有沢に電話で伝えてあった。

「それも有沢警部から聞いたんでしょ？　ええ、見事な門前払いでしたよ」

警部、というところで声を強くするが、予想通り、そういう嫌味は吾妻には届かない。

『そうだと思った。新宿本校を突破できただけでも上出来だよ。本校から練馬校に連絡があったんじゃないか？　ちっちゃい女刑事が行くかもしれないから余計なことは言わないように、とか』

「それ、セクハラかパワハラになるんじゃない？」

ムッとした声を出すが、吾妻は悪びれた様子もなく、笑いながらまた話を逸らした。

『とにかく、その不当解雇された講師の身元を調べるのが先決だな』

言われるまでもない。だからこそ、練馬校の塾長に面会を求めたのだ。

けれど、初動捜査の段階で、何故その人物が問題視されなかったのか……。

『桑原本人か塾の関係者が供述しない限り、警察だって……』

いきなり吾妻の声が途切れ、物音と、吾妻を呼ぶ古沢らしき男の声が聞こえた。

すぐに電話が切れる。

〈何だよ……〉

けれど、吾妻の言葉の続きは真帆にも分かっている。

塾関係の、桑原に恨みを持つ者の特定に至るには、当然塾内部の人間関係を知る必要がある。それは、塾関係者から聞き込みをしなければ得ることはできず、仮に関係者全員に箝口令(かんこうれい)が敷かれているとしたら、捜査員はそれを知る由もない。

それに加え、事件直後の警察発表から考えても、そもそも普通ではあり得ない捜査内容なのだ。

この事実は、警察と桑原の塾との間で、何らかの利害が一致していることを示している。

〈……堂々巡りだな〉

何かを掴んだかのように見えた瞬間、その漠然とした推理は、いつも同じ壁に突き当たる。

〈練馬校の関係者に近づく方法はないかな……〉

真帆は、練馬校の受付にいた事務員らしい中年女の声を思い出した。

『塾長は出張中です。どういったご用件でしょうか？』

あの時、その中年女の背後から、パソコン作業をしていた女子事務員が怪訝な顔を向けてきた。瞬時に、塾長の不在は嘘だろうと思った。

目の前にいる中年女が塾長かもしれないと思ったが、問いただすのは諦めた。

『こういう者です。二年前の事件のことで伺いたいことがあります』

無駄だとは思ったが、警察手帳を取り出し真顔で言った。

こういう強固な面構えの中年女に手帳が威力を発揮するのは稀だが、思ったとおり、女は表情も変えずに『お断りします。塾長から、あの件は全て警察に任せてあると聞いています』と、ガラス窓を閉めた。

奥のソファに、スマホを眺める男が見え、一瞬だけ真帆の方に顔を向けた。

真帆の視線に気づいた中年女が、再び窓を開け、『まだ何か？』と尖った声を出した。

諦めて出入り口に戻ると、大きな傘立てが目に入り、ずっとビニール傘を持ったままでいたことに気づいた。水滴は床だけではなく、真帆の靴や手も濡らし、いきなり泣きたいような情けない気持ちになった。

蒸し暑いはずの気温なのに、真冬のような寒さを感じた。

新宿のようなラッキーな出会いは望めそうになく、ビルを出て駅方向に歩き出すと、横道からいきなり人影が飛び出し、真帆の傘に激しくぶつかった。

《何だよ、危ないじゃんか……》
ムッとなって振り向くと、今出て来たビルの中に走り込んで行く男の姿が見えた。
《塾生……？》
後ろ姿では年齢は分からなかった。事務員か講師だったら何か聞けたかも、と思っていると、ビルの前に停まっていたワゴン車から若い男が出て来て、雨に濡れながらバックドアに向かうのが見えた。
何となく、真帆はぼんやりとそれを眺めていた。
何かを搬入する業者なのかと思った。
少しして、男は雨ガッパ姿の人が乗った車椅子を押してビルの正面玄関に向かった。
《あの車椅子の人も塾生か講師……？　雨なのに大変だな》
車椅子は自動ドアの中に消え、男は再び一人で出てくると、ワゴンの運転席に戻ってスマホで会話し始めた。
一仕事終えた安堵感がそうさせるのか、運転席の男は何やら楽しそうに笑っていたが、背後に迫った大型トラックからクラクションを鳴らされ、慌てて急発進し、真帆の横を通り過ぎて行った。
《何よ、危ないじゃん……交通課だったら切符を切ってやるのに……》
ようやく我に返って吹き付ける雨に傘を向けると、透明な膜と一本の骨の間に、来る時にはなかった裂け目ができていた。

駅に着くまでの間、その隙間から雨が容赦なく真帆の髪を濡らし、手を濡らし、体温を奪い続けた……。

今でもあの寒さを思い出すと、体の芯が冷えてくる。

これまでにも、雨の中での捜査活動は何度も経験していた。

荻窪東署にいた頃、相棒だった古沢に、刑事は常に雨ガッパを携帯しろと叱られたことを思い出す。一時期はその助言に従ったが、習慣にはならなかった。

街のウィンドゥに映る姿に、我ながら吹き出してしまうことが度々あったからだ。

『学校帰りの小学生かテルテル坊主ってとこだな』と、吾妻に言われたこともある。

けれど、古沢の教えは正解だったのかもしれない。

〈あの雨ガッパ、どこに置いたんだっけ……〉

ああ、そう言えば……。

赤い雨ガッパに黄色い長靴は似合わないって言ったのは誰だっけ？

赤い長靴を買わなきゃな……と、誰かが笑いながら……自分と同じソーダ水を飲んでいて、大人のくせにソーダ水に浮かんでいるアイスクリームを嬉しそうに食べていて。

その人が白いシャツの胸に溢したアイスクリームを、ハンカチを持つ誰かの手が拭って……。

あの手は自分の横に座る女の人……お母さん？

遠くに悲しいオペラの曲……。

その曲がだんだん近付いてくるけど、誰かの電話の音の方が高くなってくる。

ほら、電話だよ、お母さん……早く出ないと……。

〈電話だってば、お母さん！〉

「あ……!?」

いきなり飛び起きて、真帆は傍で音を立てているスマホを手に取った。

いつの間にかデスクに突っ伏して寝ていたらしい。

先刻、途中で切れた吾妻からの電話かと思ったが、案の定、いきなり急いた声が聞こえてきた。

『おまえ、今すぐ久我山に来られるか？』

「え？　何で？　また説教ならカンベンしてよ」

『いいからすぐ来い！　住所はラインで送る。急げよ！』

送られてきた住所は、杉並区久我山七丁目にある都営アパートの番地だった。

久我山七丁目は荻窪東署の管轄であり、吾妻の電話は理由を聞く前に切れたのだが、おそらく何らかの事件が発生したのだろうと思った。

吾妻が自分の判断だけで真帆を巻き込むことなどしない。

新堂の意向だろうと、すぐに察しがついた。

数棟の十階建てのアパートのほぼ中心に広い公園があり、その公園に面した二階部分のベランダに、数人の鑑識員の姿があった。

棟の裏手に回ると、数台の警察車両やマスコミの中継車が既に見られた。

規制線の前で立番の警官に手帳を提示して狭い階段を上がると、外廊下に並んだドアのひとつが開けられていて、複数の警官や捜査員たちが出入りしている。

周囲を見回すと、向かいの棟の住人たちが窓やベランダから顔を出していて、スマホで撮影している老人の姿も見られた。

ドアに近づき中を覗こうとした瞬間、いきなり背後から肩を摑まれた。

「待て、ちょっとこっちへ来い」と、吾妻が耳元で囁いた。

「何があったの？」

外廊下の端で、真帆は同じように小さな声で言い、吾妻を見上げた。

「あの部屋の住人が遺体で発見されたんだ」

住人は一人暮らしの高齢女性で、浴槽の中で発見され、遺体は既に荻窪東署に移送されたという。

「殺人の可能性があるの？」

「検視結果は事故死の可能性が高いってことらしいが、首に絞められたような薄い痣があったらしい。まあ、一応不審死だから解剖すればはっきりするだろうな」

で……？　と、真帆が促すと、吾妻は目の前を通りすぎる警官を見遣り、更に声を小さくした。

「富田啓子って名前に覚えはないか？」

首を左右に振るが、記憶の底に沈んでいたワードが浮上した。

ケイコ……？

「それって……」

吾妻と再び視線を合わせる。

「桑原んとこの家政婦だ」

言葉を失くす真帆の脳裏に、あの家政婦の鋭い目が蘇った。


「富田啓子、六十二歳。死亡推定時刻は昨夜の20時から深夜0時の間。発見したのは都営住宅の管理人と自治会長だ。甥だという男から、連絡がつかないから中に入って様子を見てくれと電話が入ったそうだ」

吾妻が手元のタブレットを真帆に差し出した。

そこには夜祭りのような風景写真があり、その人混みの端に、あの家政婦の姿があった。

「おまえが会ったバアさんに間違いないか？」

「うん……間違いない」

警官や捜査員たちは、真帆が到着して間もなく、そのほとんどが警察車両で引き揚げていた。

規制線も解かれ、立番の警官も帰り支度をしているのは、警察が事件性は薄いと判断したことを示している。

真帆と吾妻は都営アパートの公園のベンチで、最後の警察車両が去るのを待っていた。

別班の担当だったが、吾妻と古沢は応援という名目で出張ったという。

「フルさん、退職間近だからどんな事件でも首を突っ込んで正直参ってたんだけど、今度ばかりは礼を言わないとな」

桑原宅の家政婦だと知ると、古沢がすぐに真帆を呼ぶようにと言ったという。

「そうなんだ……私はてっきり班長からの指示かと思ってた」

「班長はもちろんだけど、フルさんだってあの事件を上が有耶無耶にしている理由を知りたがっているんだと思う」

古沢は他の刑事の手前、遺体が搬送された後すぐに署に戻ったという。

「その甥って人は？」

「俺も詳しくは聞いてないんだけど、都内在住じゃないらしくて、署に来るのは夜になるらしいんだ……」

嫌な予感がした。

「フルさんが私を呼べって言ったんだよね？　この後、署に連れて来いなんて言ってたないでしょうね」

「うん、言ってた。久しぶりにメシでも食おうか、ってさ」

久しぶり……？　古沢の送別会から、まだ八日しか経ってない。

古沢の真意は読めたが、甥という男には会う必要があるような気がした。

有沢に連絡を入れようとスマホを取り出すと、吾妻が弾んだ声を出した。

「あ、有沢さんには俺が連絡したから大丈夫！」

真帆と吾妻は、室内に残る鑑識員が去るのを待ってから、富田の部屋に入った。

「富田さん、事故なんでしょう？　部屋の中を調べる必要なんてないんじゃ……？」

管理人の初老の男は、真帆と吾妻に不審な顔を向けた。

「まだ事故だと決まったわけではないんです。事件性も疑われますから、念の為に室内の写真を撮らせていただきます」

吾妻が淀(よど)みなく答える。

「遺族からクレームが入っても、ワタシは責任取りませんからね」

管理人が再び鍵(かぎ)を開けて、「終わったらちゃんと閉めておいてくださいよ」と、ドアを開けて真帆に鍵を渡してきた。

管理人の姿が消えると、真帆と吾妻は携帯している白い手袋を着けた。

三和土(たたき)の先はすぐにダイニングキッチンになっていて、その先は六畳の和室のようだ。

調理器具も少なく、小さな冷蔵庫とテーブルセットだけのダイニングキッチンは、一人暮らしとはいえ、あまりにも生活臭が感じられない。

「潔癖性なのか？　もっとゴチャゴチャしてるかと思ってたけど……」

　生ゴミもない清潔そうな流し台を覗きながら、吾妻が言う。

「俺の元カノの部屋なんて、凄(すさ)まじかったぜ。化粧品やら服やら腐るほどあってさ、ああいう片づけられない女って、最悪だよな」

　一瞬思い出した有沢の部屋を、真帆は頭の隅に追いやった。

「多分……あまり調理なんかしてなかったんだと思う。家政婦の仕事をして、家に帰っても家事をやるなんて誰でも嫌だもんね」

　小さなテーブルの上に、惣菜(そうざい)の小さなパック三つとビールやサワーの空き缶が十数本ある。

「一人でこんだけ飲んだ後に風呂(ふろ)に入ったら、湯船で意識不明になっても不思議じゃないな……」

　吾妻の声を背中で聞きながら、真帆は冷蔵庫の扉を開けた。

　饐(す)えた臭いがした。

　三段の仕切り棚にはびっしりとタッパーやラップが掛かった食器がある。

　うわ、クセェ……と、吾妻が背後で声を上げた。

　その中の幾つかは乾涸(ひから)びていたり青黴(あおかび)が見られたりしたが、下段にはまだ新しそうな煮物やマカロニサラダなどもある。

〈……ここで調理をしていた？　それとも、桑原の家で作った余り物とか？〉

真帆は再びテーブルの上に目をやる。

パック入り惣菜は、冷蔵庫内の物と同じような煮物とポテトサラダだ。

〈何で、昨夜は冷蔵庫の物を食べなかった？　市販のパック入り惣菜なんか買わなくても……〉

富田の顔を思い浮かべる。

最初で最後に会った、あの時……。

『あなたは、真犯人の見当が付いているんじゃないんですか？』

真帆が放った言葉に、表情も変えず、わざとらしく一度だけゆっくりと瞬き(まばた)をしてから無言で立ち去った富田……。

あの、何事にも動じる様子のない凜(りん)とした姿に、市販のパック入り惣菜はあまりにも似合わない。そして、異臭を放っている放置された作り置き惣菜の数々も……。

「おい、何ぼうっとしてんだよ。こっちに面白いもんが……」

和室に入った吾妻の声で、真帆は我に返った。

キッチンと同様、和室の中も整然としている。

和ダンスと文机(ふづくえ)、小物や化粧品が見られる三段のラックだけだ。

吾妻は、引き戸を開けた押入れの上段に上半身を突っ込んでいる。

「ちょっと、それはマズいんじゃない？」

「コスプレの趣味があったのかな……」

振り向いた吾妻の手には、黒い髪の毛が握られていた。

「カツラ？」

黒髪でボブのウィッグだ。

こんなのもある、と再び取り出したのは、明るい栗色のロングヘアーだ。

「段ボール箱の中にはけっこう派手なもんが入ってるぞ」

押入れをクローゼット代わりにしていたらしく、上段に取り付けたポールに何着かの衣類がぶら下がっている。それらは地味な色合いの物だったが、奥の方から吾妻が取り出したのは、明るい花柄のワンピースだ。

「昔着ていた物かな……」

吾妻が怪訝（けげん）な顔でワンピースを眺める。

「いや、そんなに昔の物じゃないよ」

数年前に売り出されたファストファッションの人気商品だ。真帆もネットで見たことがあり、有名なタレントが着用していた広告を覚えていた。

「あの人、昔は劇団の役者だって言ってたし……シニアタレント事務所にでも入っていたのかな」

「にしても、この服はないだろう。若作りにしても程がある」

　再び、富田の姿を思い浮かべる。

　六十二歳という年齢だけを考えれば、確かに吾妻が言う通りだ。

　ほぼ同年齢の曜子が着用したら、誰が見ても異様な姿になるかもしれないが、あの富田なら……。

「これで変装して、マッチングアプリで知り合った男とデートとか？」

　いや、ナイナイ！　と、自分の言葉にツッコミを入れ、吾妻がそれらを押入れに戻して引き戸を閉めた。

　変装……。

　真帆は吾妻を押し退け、再び引き戸を開け、それらのグッズをスマホで撮影した。

　無論、富田が自死や事故死であれば、懲戒免職に相当する行為だ。

「キミはもういいよ、せっかくの出世が台無しになっちゃう……」

　言いながら振り向くと、吾妻が文机の引き出しを開けているところだった。

「ちょっと、それはマズいよ」

「触らなきゃいいじゃん？　これ、家族写真かな……」

　吾妻の傍にしゃがんで引き出しの中を覗くと、紙類が入っている一番上に、何故か小さな写真立てが載っている。

　満開の梅の木の下で笑う若い女が二人。一人の女は小さな子どもを抱いている。

　そのうちの一人は若い富田であるとすぐに分かり、もう一人の子どもを抱いた女の顔は富田に似ていた。

「姉妹かな……だったら、この子どもが甥だね」

小学生低学年くらいだろう。気の弱そうな目つきをしている。

「だけど……写真立てって、普通は机の上に飾っておくもんじゃない？」

「ん……飾ってはあったけど、見るのに飽きたかシンドくなったとか？　まあ、あんまり深い意味はないんじゃないかな」

と、吾妻はさっさと立ち上がって再びダイニングキッチンに戻って行く。

「それにしてもさ……大酒飲みって噂の割には、酒の買い置き、一本もないんだけど」

まとめて買った方が割安じゃん、と言う吾妻の声に、真帆も先刻からそのことが頭の隅にあったことに気づいた。

そして、酒の話から、桑原宅の近所の主婦の言葉も思い出した。

事件のあった日、富田は庭先で掃除をしながら煙草を吸っていたと言っていた。

真帆はベランダ側の窓にかかった無地の古そうなカーテンに鼻を近づけた。

埃の臭いの中に、確かに煙草の臭いを感じることができる。

だが、室内に煙草も灰皿も見当たらない。すでに煙草を止めたのか……。

買わなくても良い惣菜、冷蔵庫の中の傷んだ食品、酒類の買い置きが無い、喫煙していたにもかかわらず、吸い殻や灰皿がない。そして、しまわれていた写真立て、二つのウイッグと派手なワンピース……それらの全てが頭の中を駆け巡る。

まんまと古沢の術中に陥るのも癪だが、富田の甥という男に会えば、富田の内実に近付くことができるかもしれないと思った。

荻窪東署に入ったのは、日も暮れた19時過ぎだった。

まだ懐かしいという感情が湧くほど久しぶりではないが、一階の受付や、その傍らの総務課の職員の中には、真帆の知らない顔も幾つか見られ、自分が思うより時が過ぎたのだと実感した。

「遅いじゃねぇか！」

刑事課の室内に入った途端、新堂班のブースから古沢のダミ声が飛んできた。

その傍らに座る吾妻を見下ろし、「だから、現場から真っ直ぐ連れて来いって言っただろうが！」と吐き捨てるが、その顔には安堵が見られた。

久我山で17時頃に一旦吾妻と別れ、真帆は井の頭線で吉祥寺に向かい、デパートの屋上に行った。

休日は子ども連れの若い夫婦で賑わう場所だが、平日の夕方は人影も少ないはずだと思った。少し一人になりたかった。

自分が思ったより、事件は複雑なのかもしれない

一度、頭の中を空っぽにしなければ、集めた情報を正確に繋ぎ合わせる自信がなかっ

た。

思ったとおり、屋上の広場は人影が少なく、若いカップルと海外からの観光客らしい数人が、西日に光る下界を見下ろしていた。

真帆はしばらく何も考えずにそれらを眺めていたが、やはり頭の中には富田啓子の部屋の様子や、数日前の中華街の人混みなどが浮かんできた。

『刑事が一旦事件に向き合えば、自分の都合は後回しになるのが当たり前。朝に朝飯を食い、昼に昼飯を食い、晩に晩飯を食う、そういう普通の暮らしがしたかったら刑事になんかなるもんじゃない……』

あれは、新堂の言葉だったか、古沢の言葉だったか。

気がつくと、一時間半もの時間が過ぎていた……。

「何してたんだよ、ったく……怒られるのは俺だって知ってるくせに」

吾妻には悪いと思ったが、だからと言って、こんな風に文句を言われる筋合いはない。

真帆は久しぶりの室内を見渡した。

ブースは二つ。強行班対策係の新堂班と、別班の盗犯係に分かれている。

別班は新人刑事の養成の目的もあり、凶悪犯罪以外の捜査には研修も兼ねて出動することになっていて、先ほど久我山に赴いていた捜査員の顔ぶれがあった。

約七ヶ月ぶりだが、室内の空気は真帆がいた頃と何も変わってはいないことに少し安堵する。

「班長は？」

室内に新堂の姿は無く、彼のデスクは相変わらず紙の書類がパソコンのキーボードの上に無造作に置かれている。

「椎名が来るって言ったから逃げたんじゃねえかぁ？　おまえさんの顔を見ると胃が痛くなるって言ってたぜ」と古沢がガハハと笑い、隣に座る山岸も笑いながら頷いた。

「さっきまでいたけど、帰ったよ。息子が新宿の塾に通い始めたから迎えに行くんだってさ」

「班長もああ見えて意外に子煩悩だからな……俺なんかとは違ってよぉ」

古沢の言葉尻には少々悲哀がこもっている。

「フルさんちの息子さんは、もう立派な社会人じゃないですか……」

山岸は相変わらず気遣いの人だな、と感心するが、古沢の退職が誰よりも嬉しいのではないかと、先日吾妻が言っていた。

〈塾通い……［ブロッサムアカデミー］の新宿本校か。まさか息子をそこに通わせたのは……〉

いくら新堂でも、自分の息子を捜査のために利用することなどあり得ないはずだ。けれど、有沢は別として、重丸の娘や新堂の息子まで［ブロッサムアカデミー］を選んだということに、何も理由はないのだろうか。

「おい、椎名、一階の面談室にお客さんだ！」

パイプ椅子に腰を下ろしたのも束の間、古沢のダミ声が飛んで来る。

「佐原達郎、三十八歳。富田啓子の甥だ。遺体は確認してもらったからな」

「やっぱり、そういう事ですか」

以前にも殺人事件の被害者の父親が遺体確認に来た際、真帆が面談したことがあった。遺族との面談は特別な緊張を強いられる。本来なら、班長代理とも呼べる立場の古沢の仕事なのだ。

ため息混じりに睨むと、古沢はニッと黄色い歯を見せた。

「晩メシ、奢ってやるからな！」

「約束ですよ」

「ああ。何頼んでもいいぞ」

古沢は壁に貼ってある「秋月食堂」と書かれた薄汚れた品書きを指した。

ほらな……。

脱力して重い体を引き上げドアに向かう真帆の背中に、弾んだ古沢の声が飛んで来た。

「六百円以内だぞ！」

経費だからな、と付け加える声と、「俺もいいっすか？」と言う吾妻の声が、閉まり掛けたドアの向こうで聞こえた。

「この度はご愁傷さまでした」

一階の面談室に入り、応接セットのソファに座る男に、真帆は頭を下げた。

はぁ……と、ため息のような小さな声が聞こえた。

顔を上げて男を見る。

男はテーブルに目を落としたままだったので、真帆は男の全身を眺めた。

白い半袖(はんそで)のポロシャツに、ベージュ色のチノパン、黒のスニーカー。

中肉中背の、どこにでもいそうな外見だが、シャツから出ている腕に屈強そうな筋肉が目立っている。

真帆は真向かいのソファに腰を下ろし、出来るだけ柔らかい声を出した。

「遠くからいらっしゃったと聞きましたが、ご自宅はどちらなんですか？」

「仙台(せんだい)市です……宮城県の」と、顔を上げた。

「佐原さん、とおっしゃるんですね？　富田さんの甥御さんと言うことは……」

「母が、富田啓子の姉です。二人姉妹です」

佐原は、また伏し目になり答えた。

「失礼ですが、お仕事は何を？」

「体を壊して今は休職中ですが、昨年までは信用金庫の職員でした」

「ずっと仙台市に住んでらっしゃるんですか？」

手元のタブレットを操作しながら問い、笑顔を佐原に向けると、途端に佐原の表情が変わり、睨むように真帆を見た。

「叔母（おば）の死に何か問題があるのでしょうか？　まさか、警察は私を」

「あ、そういうことではありません。確かにまだ事故死とは決まってはいませんが」

誤解をさせてしまったのなら、申し訳ありません、と真帆は頭を下げた。

佐原は返事をせず、冷えた渋茶の入った茶碗（ちゃわん）を取り上げた。

「あなたがアパートの管理人さんに電話をしたと聞きましたが、富田さんとは良く連絡を取っていたんですか？」

「週に一度くらいです。叔母は高齢で独り身ですし、他に親戚（しんせき）もいないので……」

「お母さんから頼まれていた……とか？」

少し間があった。

「……母は、八年前に亡くなりました。母と叔母は二人だけの姉妹でしたけど、あまり仲が良くなくて……どちらかと言うと、私は母より叔母の方と話が合ったんです」

「そうですか……」

うっかりと、仲良さそうに笑っていた姉妹の写真のことを話すところだった。

「最後に富田さんとお会いしたのは、いつ頃だったんですか？」

少し考えて、佐原は顔を上げた。

「今年の正月に叔母のアパートで。それからはメールや電話だけです。叔母は酒が好きでしたから、昨夜もきっと飲み過ぎたのかも。注意はしてたんですけどね」

「ご遺体を搬送する時、ちょっとだけお部屋を覗かせていただいたんですけど、叔母さんはずいぶん綺麗好きな方だったんですね」

すると、佐原は思い出したように少しだけ笑った。

「最近は行ってませんでしたけど……そうですね、いつ行っても綺麗な部屋だったように思います。昔から整理整頓は得意だったようです。だから、家政婦なんていう仕事が務まっていたのかもしれませんね」

それが、私の母と揉める原因だったこともあります、と言い、自分の饒舌さを恥じるような素振りを見せ、「それで、叔母はいつ引き取らせてもらえるんですか？」と顔を引き締めて言った。

「事故の可能性が高いと言うことですが、不審死に変わりはないので、司法解剖をすることになりました」

首の圧痕のことは伏せる。

佐原は一瞬顔を曇らせ、「解剖ですか……」と呟いた。

「お辛いとは思いますが、事件性がないということを明確にするのは、ご遺族にとっても大事なことだと思いますが」

「……ええ、そうですね。ただ、叔母の身体にメスを入れるのはあまりにも可哀想だと思ったので……」

佐原の目が少し潤んでいるように見えた。

「私にとって叔母は、母以上の存在だったんです」

顔を上げ、佐原は震える唇で言った。

「ご苦労！　解剖結果は俺から連絡しとく」

頷く真帆を見て、古沢はドアの外に走り出て行く。

「フルさんも、事故死を疑ってるのかな？」

その後ろ姿を見送りながら、傍にいる吾妻の顔を見上げた。

「うん……何が何でも他殺に持って行きたいって感じだな、ありゃ」

ため息を吐く吾妻に少しだけ近づき、真帆は声を潜めた。

「あの引き出しの写真の子ども、やっぱり富田の甥だったよ」

「やっぱりな……」

「ウイッグのこととか、もっと聞きたいことあったんだけどな……」

「何かうまい言い方なかったのかよ。ウイッグ姿で歩いてたのをアパートの住民が見かけた、とか何とか……」と、吾妻も小さな声で訊いてくる。

「あ」

「あ、じゃねぇよ」

けれど、佐原は頭の良い男だと真帆は直感していた。その嘘がバレない確証はない。

「解剖結果が出てからでもいいじゃん？　他殺かどうかはっきりするんだから。事件性がない可能性もあるんだし」

そうだな、とあっさり引き下がり、吾妻は壁の品書きを指した。

「俺、メンチカツ定食。おまえは？」

「いいよ、一緒で」

そう言いながら、真帆は胃袋ではなく、頭の中で何かが消化不良を起こしているような錯覚に陥った。

「何かさ……私たちもフルさんみたいに無理やり他殺にしようとしてるんじゃないかな」

真帆たちは、富田が桑原家の家政婦だということだけで、二年前の事件と関連づけて考えているのだから。

「何だよ、今おまえが、解剖結果が出たらはっきりするって言い切ったばっかじゃん。ホント、おまえってブレブレだよな。有沢警部もよくおまえなんかと……」

その声を聞き、有沢に連絡することを忘れていたことに気付いた。

まだ喋っている吾妻を無視してスマホを取り出すと、有沢からの不在着信があった。

室内には、近くの食堂に注文の電話をしている吾妻の他に、帰り支度をしている山岸やパソコン作業をしている別班の若手二人がいた。

真帆は廊下に出て、有沢に電話を入れた。

三回のコールの後に、有沢のいつもの静かな声が聞こえて来る。

『反対方向からの映像は入手できませんでしたけど、先日の分は鮮明化に成功しました。

タブレットに送りましたから確認してください』

鑑識のプロに頼んだという竹下通りの映像の件だ。

『一緒にチェックできればいいんですけど、私はまだ帰れそうにないんです』

「了解……」

明日までにチェックすると伝えると、有沢はあからさまに不満そうな声を出した。

『先ほど吾妻巡査から連絡を頂いたんですけど、椎名さん、今、荻窪東署ですよね？

富田啓子の甥との面談は終わったんですよね？』

「吾妻は巡査部長だけど……それが？」

『まだ9時前ですよ。吾妻巡査と一緒に例の映像をチェックしてもらえませんか？　かなり鮮明化されたので、何か分かるかもしれません』

「了解。私一人でも大丈夫」

有沢は、二人の方が見落としも少ないと思うと言い、『あ、すみません、上司が呼んでいるので切ります』と、返事も待たずに電話を切った。

「有沢さんがそう言うなら、別に俺はいいけど。今夜は約束もないし……」

大ぶりのメンチカツに箸を突き立てて、吾妻は嬉しそうな顔をした。

「無理しなくていいんだからね。まだ事件性があると決まったわけじゃないし」

自分と有沢が重丸の不遇に腹を立てて、勝手に内偵を始めたのだから。

そうは言うものの、今の吾妻には通用しないことも分かっていた。

以前有沢は、吾妻が自分に接してくるのは出世のためで、階級が上の者に顔を売るのが目的なのだ、と言ったことがある。

真帆は、そこまで吾妻は計算高い人間ではないと反論したが、目の前で無邪気にメンチカツを頰張る吾妻を眺めて、自分の考えに間違いはないと思った。

吾妻にはこれまで複数のカノジョがいたことは本人から聞かされていた。

どこまでが真実なのかは分からなかったが、有沢に対する態度には、今までにない素直で無邪気な本性が垣間(かいま)見られ、思わずその恋を応援したくなる。

したくはなるが……。

『俺の元カノの部屋なんて、凄(すさ)まじかったぜ。化粧品やら服やら腐るほどあってさ、あぁいう片づけられない女って、最悪だよな』

その吾妻の言葉を思い出すと複雑な気持ちになる。

絶対に言ってはいけない。有沢もその最悪な女の一人かもしれないと言うことは。

「本当に無理しないでね。この事件が解決しても、何の手柄にもならないんだし」

え？　と、吾妻が箸を止めてポカンと真帆を見た。

「手柄……？　おまえ、手柄が欲しくてこの仕事をやってるわけ？」

珍しく、吾妻が真面目な顔を向けてくる。

「いや、そういうわけじゃ……」

小首を傾げて、「良くわかんない」と呟く。これは本心だ。

「あのな、刑事の仕事はゲームだと思え」

は？

「間違っても、正義のため、とか言うんじゃないぞ、フルさんみたいにさ。まあ、正義ってのは便利な言葉だけど、ゲームだと思った方が楽しく苦労できるもんなんだ」

「って、誰が言ったの？」

「班長」

「だよね。でも、口の端にソース付けて言われても説得力ないんだけど」

ワハハと笑う吾妻を見ながら、真帆は思う。吾妻も、有沢同様、健全な家庭に育ったんだろうな、と。

壁の大きな丸時計は、9時半を指そうとしていた。

食事を終え、真帆は同じ階にある会議室で、有沢からタブレットに送られていた映像を開いた。

すぐに隣に座る吾妻のノートパソコンに送る。

見飽きた映像だが、確かに前回のものより鮮明化され、行き交う人々の輪郭も明確に分かる。

「ほう……けっこうハッキリ映ってるんだな」

パソコンを開いて、吾妻が映像に見入る。

「有沢が映像解析のプロに頼んで鮮明化してもらったらしいよ」

「プロ……？　誰だ、それ」

男か？　と訊いてくる吾妻を無視し、吾妻のパソコンを覗く。

「このアクセサリーショップに入って行く男が犯人。赤ちゃんを抱っこしてるでしょ？」

「二十代か三十代……？」

「誘拐のあった店の目撃者は、四十代くらいって言ってた。赤ちゃんの父親かと思ったらしい」

映像はやや俯瞰気味だから、鮮明になっても目深に被ったキャップのせいで、男の顔は良く分からない。

「歩き方に何か気づくことはない？」

「別に……」

やはり拘り過ぎかと考える。「片足を少し引きずっているように見えるんだけどな」

その後、その男が店から出てくることはなかったのは、有沢と以前確認している。

「隣の店から出て来る人物をチェックすればいいんだな」

「うん。女装して赤ちゃんを連れていると思う」

前回チェックした時、隣のインテリア雑貨店から出てきた赤ん坊連れの女性は二十数名。その中から、明らかに外国人と思われる者を除くと十三人。

その一人一人をズームしていく。

「皆、けっこう若いな……これはダンナと一緒だし……」

吾妻が早送りをしかけた時、真帆が息を呑んだ。

「これ！」

指した女の姿に、吾妻もアッと声を上げた。

真帆が気づいたのは、女が着ている花柄のワンピースだ。

「富田の家にあった、あの服だよ」

「この茶色のロン毛は、あのカツラだな」

吾妻が画面を指して唸る。「まさか、あのバアさんだったとは……」

顔はサングラスをかけているが、細い顎の上にある赤い口紅を引いた口元に、真帆は見覚えがあった。

その女はおくるみに包まれた赤ん坊を抱いて、足早に、けれどごく自然な様子で原宿駅の方向へと歩いて行く。

奇妙なのは、その恰好に黒いバックパックを肩から下げていることだ。

「このバックパックに、着替えを入れていたとしたら……」

真帆と吾妻が同時に顔を見合わせた。

「いいか、赤ん坊を誘拐したのは男だよな。仮に男とどちらかの店で待ち合わせて赤ん坊を引き取り、男は別の服に着替えて一人で逃走……？」

ああ、ややこしいな、と顔を顰める吾妻に真帆は顔を向けた。

「最初から富田の犯行だとしたら？」

「どういうことだ？」

そう。そうだったんだ……。だから、赤ん坊は目を覚ましても泣かなかった。実の母親以上に、一緒に過ごす時間が長かったのだから。

劇団の俳優だった富田だ。長身の身体と衣装に合わせる雰囲気作り、そして、父親らしい素振り。何より、その度胸。

「俳優は、現実の世界に生きながら、同時に虚構の世界でも生きることができる……」

すぐに映像を早戻しして、アクセサリーショップに入る男の姿を再度確認する。

「言われてみれば、背恰好はそっくりだな。髪は、あの黒いカツラか？」

真帆は頷き、早送りをし、隣の店から出てくる花柄の女が見えたところで一時停止させる。

「同じバックパックを持っている！」

「やっぱり、同一人物か」

あ……。

真帆は事件のあった時刻に、近所の主婦が、庭先で煙草を吸っている富田を見たと言っていたことを思い出した。

「それ、本当に富田だったのか？　その近所のオバちゃんの見間違いじゃねえの？」

だが、あの主婦が嘘の証言をする理由はない。

「オバちゃんが見た人は富田本人じゃなかったんだ……」

「誰かが富田に成りすましていた？」

「それこそ女装した男だったら……」

　現段階で確実に事件に関わっていたことが分かった人物は、富田と、富田に成りすました誰か。

「その誰かは、中華街の現場で発砲事件を起こした男かも」

「それって、新宿校を解雇された講師とか？」

「共犯者がいるとしても、富田が誘拐事件を起こす動機は……やっぱり金？」

　真帆は、富田の自宅である都営アパートの室内を思い浮かべる。

　清潔だが質素極まりなく、大金を必要とする贅沢さは微塵も見られなかった。

「だから、還暦過ぎてからふと思いついたんだよ。一生に一度くらいセレブな生活をしてみたいって。雇い主の桑原サツキみたいにさ」

　確かに、現在は実家に戻っているというサツキだが、その派手な暮らしを目の当たりにし、本来ならサツキの仕事である日常の雑用や子育てまで担ってきたのだ。

　かつては劇団の俳優として、小さなステージであろうと観客を前にスポットライトを浴びた経験もあるだろう。

　もう六十二歳だが、まだ高齢者と呼ばれる年齢ではない。

　髪の白さを隠し、顔に刻まれた深い皺を隠せば、その凜と背筋が伸びた体形は、まだ四十代後半と言っても無理はない。

だから、富田は黒いボブのカツラにベージュのキャップを被り、更に黒ぶちメガネをかけ、夏未の父親にも見える男性に変装することができたのだ。

「他殺だとしたら、その共犯者が怪しいよな」

言われるまでもない。ただし、共犯者が一人であればの話だ。

「中華街の発砲事件の犯人も富田だったら？」

「それはないと思う……杉藤巡査を撃ったのは確かに男だと何人も証言している」

郭や当時店に居合わせた店員は、間近で男に接している。いくらカツラやメガネで変装しても、至近距離では見破られてしまうだろう。

「やっぱり、新宿校を解雇された講師を詳しく調べてみないとな」

「うん、その講師が今のところ怪しい。富田と何らかの関係があったのか……」

甥の佐原達郎は、生存している親族は自分だけだと言っていた。

親族でなければ、元の劇団仲間や飲み友達……？

「仮に、富田と共犯者の男が金欲しさに誘拐事件を起こしたとしたら、話は単純だな」

吾妻がつまらなそうに言う。

「二億円を山分けするはずが、男が独り占めしたくなって……ありきたりだな」

「でも、その男は刑事を撃ってるんだよ」

「弾みだろ？　いきなり捜査員が入ってきて咄嗟に……」

「そもそも、銃を携帯していたこと自体が異常だけどね」

そして、その銃の出所は公表されていない……。

「それに、二億円を下水道から回収した奴は、誰だ?」

富田はあり得ない。

その頃、富田は桑原家で和也夫妻と共に待機していたはずだ。

富田の言葉を思い出す。

『ええ。17時までの仕事ですけど、あの日は泊まり込みになりましたよ。刑事さんたちにお茶を出したり、夜食の準備もさせられました。翌日無事に戻られた時は本当にホッとしました』

当時、桑原宅には複数の捜査員がいて、富田の姿は確認されていたはずだ。

「だったら、また一人共犯者が増えたってことだな」

まさか、その店自体が共犯だったりしてな、と吾妻が言った。

初めは真帆もそう思い店主の郭を尾行したが、それまでに知り得た情報と郭は繋がらなかった……。

「そろそろ終電だぜ、俺、今日は車じゃないから送れないぞ」

「うん。じゃ、班長に富田のことは伝えておいてね」

気がつくと、室内には吾妻と二人だけだった。時刻は0時になろうとしている。

真帆がタブレットをバッグに入れて席を立った時だった。

慌ただしく走る靴音が響き、古沢が飛び込んできた。

「あれ、フルさん帰ったんじゃ……」

吾妻の声を無視し、古沢は真帆に近づいて言った。

「椎名、明日の朝メシも奢ってやるぞ！」

え……？

「朝イチで仮の捜査本部が立てられるんだ。家に帰ってるヒマなんかねえだろ？」

弾かれたように、吾妻と顔を合わせる。

「じゃあ……!?」

「解剖結果で他殺の可能性大だとよ。やったな、椎名！」

不謹慎にも、古沢が嬉々とした笑顔を向けてきた。

体内から多量のアルコールに加え、睡眠導入剤が検出されたという。

「大酒呑んだ上に睡眠剤飲んで風呂に入るか、フツー。それに、首にあった圧痕も大人の手で絞めた痕に似ているとよ。他殺に間違いねえ」

「じゃあ、やっぱり共犯者の男が怪しいな……」

うっかり呟いた吾妻に、古沢が目を剝いた。「何だってぇ？　共犯者？」

説明しろや、と凄む古沢と口ごもる吾妻のやり取りを聞きながら、真帆は曜子にメー

ルを入れた。《今夜は帰れそうにありません。メダカの餌お願いします》

すぐに有沢にも連絡を入れようとすると、寝ていると思っていた曜子から返信が届いた。

《何処で？　誰と？　ガンバレ!?》

ハートマークのスタンプに、真帆の全身から一気に力が抜けた。

翌朝、8時。

仮眠室から顔も洗わずに会議室に向かうと、扉の横に、《久我山独居老女不審死事件》と書かれたいつもより小さい張り紙が見られた。

怪訝（けげん）に思いながら入室すると、既に吾妻や古沢を始め捜査員の姿があるものの、その数は今までに参加した捜査本部の半分ほどだった。

正面の長机には、署長、刑事課長の他に、警視庁の管理官らしき姿が一人。

普段は捜査本部といえば、解決に意気込む捜査員たちの熱気に溢（あふ）れ、指揮を執る上役たちも高揚した顔で座しているものだが……。

「何、コレ……お通夜より静かじゃん」

真帆は後列に座る吾妻の横に座り、そっと囁（ささや）いた。

「今に分かる……」

何故か突き放したような言い方にムッとなるが、刑事課長が立ち上がるのを見て真帆は口をつぐんだ。

今春着任した体格の良い初老の男だ。

「えー、これより、昨日久我山の都営アパートにて発生した事件の捜査会議を開始する。被害者は富田啓子、六十二歳……えー、職業は家事代行業」

斜め横の大型モニターに、富田啓子の顔写真が現れる。

「昨日の15時、富田の甥から連絡を受けたアパートの管理人と自治会長が、浴槽内で遺体を発見。死亡推定時刻は一昨日の20時から0時の間。被害者は世田谷区の個人宅で家政婦をしており……」

「それはもう分かってるって……ったく」

前に座る古沢の声が聞こえる。周囲の捜査員たちも気づいた様子に見えた。

「えー、昨日の検視結果は事故死と見られたが、解剖の結果……」

課長はチラリと目を上げるが、言葉を続ける。

「ねえ……何か別な事件で刑事が出払ってるの？」

真帆がまた囁くと、吾妻が無言で首を左右に振った。

「班長は？」

新堂が捜査会議に出席していないのは、どういうことか。

「本庁から呼び出しがあって、さっき……」

「このタイミングで呼び出しって？」

ついで声が大きくなると、課長は一旦言葉を切り、険しい顔で真帆を見た。

「君は、どこの捜査員だ？」

「所属はこの署の新堂班ですが、今は本庁捜査一課、特命捜査対策室に出向中です」

「捜査一課？」

怪訝な顔をする課長に、署長が何かを囁いた。

少しして、課長は口元を和らげ、「出向中なら、出先の仕事を優先したまえ」と視線を逸らした。

「あの！」

立ち上がる真帆を吾妻が制したが、その手を振り解く。

「出先の仕事で余力がある場合は、所属署の捜査に参加するようにと班長から言われております。それに……」

「それに、何だ」

「この事件は、二年前に発生した世田谷区乳児誘拐事件に関連していると思われます」

「世田谷区乳児誘拐事件？」

訝る課長に、今度は警視庁から出張ってきている管理官が何かを小声で説明し始めた。

真帆は構わず言葉を続けた。

「被害者の富田啓子が、二年前のその事件の被害者宅の家政婦だったということは、皆さんもご存じなのではないのですか？」

普通なら、冒頭の被害者の発表時に捜査員に周知させるべき内容である。

室内が、少しざわついた。

管理官が再び課長に顔を近付け、小声で何やら話し始める。

吾妻がまた真帆の上着の裾（すそ）を引っ張り、古沢は笑いを堪（こら）えているのか、両肩が微（かす）かに上下していた。

管理官が話し終えると、課長は困惑した顔を隠しもせずに答えた。

「我々は今回の杉並区での事案を担当するのが仕事である。世田谷の事件は、管轄署の世田谷北署の事案であるからして、我々が関与することは控えなければならない。それくらいのことは新米刑事の君にも当然分かっていることだろうが」

「はい。しかし、この二つの事件に関連性があるという明確な証拠があります」

課長はチラリと署長を見、真帆を無視するように書類に目を戻した。

「それなら、その証拠の裏付けをきっちり取ってから、次回の会議で報告したまえ。推測や状況証拠だけでは無駄に時間を取るだけだからな」

腰を下ろすと、前の席の古沢が振り向き、「ホントかよ」と息だけで言った。

「……尚（なお）、被害者の携帯電話の解析結果は、終了次第各班に通知する……以上、物取りと怨恨（えんこん）の両面から捜査にあたれ。捜査結果は迅速に報告し、各班の……」

課長の話が途中であるにもかかわらず、古沢は席を離れて廊下に出て行く。

それを待っていたかのように、他の捜査員たちも席を立った。

「何で、本庁から捜査員が出張ってないんだろう」

廊下に出て、真帆が独り言のように呟くと、前を歩いていた古沢が足を止めて振り返った。

「あの誘拐事件は無かったことになってるらしいからな……」

だから、これも触っちゃならねえ事件なんだよ、と意味ありげな笑い方をした。

告発Ⅳ

「これ、あの家の家政婦だった人よね」

妻がテレビに映る女の写真を指した。

ニュースが始まってから、彼も箸を止め、その写真に見入っていた。

「アレと何か関係があるのかしら」

さあね……と箸を再び動かすけれど、料理の味は全く感じられない。

「どうでもいいわね。もう関係ないし」

妻はリモコンを取って、テレビを消した。

あえて興味のないふりをするのは妻の癖だから、きっと頭の中はそのことでいっぱいなのだと彼は思う。

その証拠に、いつもは塩で食べる目玉焼きに醤油をかけている。

出会った頃は分かりにくい性格に辟易したが、今では分かり易すぎて少々つまらない。

妻の配慮を無下にするつもりはないが、彼はリモコンを手にして別のチャンネルに切り替えた。

この時間はどの局でもニュース番組を観ることができる。

「……警察関係者の話によりますと、遺体発見当時は事故死と見られ事件性は無いと思われていましたが、詳しい解剖の結果、富田さんの遺体からは大量のアルコールに加え、致死量に達する睡眠導入剤の成分が検出されたということです。尚、富田さんの頸部には何者かに絞められたような痣も……」

ヘリからの撮影と見られる、都営アパートが映し出されている。

「……死因は溺死と見られ、警察は殺人事件に切り替えて物取りと怨恨の両面から……」

再び富田啓子の写真が映る。

テロップには六十二歳とあるが、少し若い頃の写真かもしれなかった。

妻は、もうテレビの方には目を向けずに黙々と箸を動かしていたが、彼の視線に気付いてゆっくりと箸を置いた。

「この人、あの事件の時はノーマークだったのかしら……」

妻が事件の話をするのは久しぶりだ。

当時はずいぶん取り乱していたと人づてに聞いていたが、彼は一度もそういう姿を目にしたことはなかった。

混乱した時間が過ぎ、彼が車椅子の生活を始めた時も、妻は変わらず笑顔を絶やさなかった。「これで一緒にいる時間が増えたわね」と、嬉しそうな声で言った。

彼が塾の非常勤講師に就職が決まった時は、家計のこともありホッとした様子だったが、ひと月くらい経った時、妻は彼の背後で深いため息を吐いた。

「何で、あなただけがこんな目に遭わなくちゃならないのかな……」

それは、彼に危険な任務を与えた上司に対する不満のようにも聞こえた。

だが、上司の一人だったあの人と接するうちに、妻の不満の矛先はもっと大きな組織へと変わった。

「明後日、来てくださるのよね。この事件から何か進展すればいいわね」

そうだね、と答え、彼は朝食の残りを素早く掻き込んだ。

今日は午前中にある補習授業のサポートを頼まれていた。

土曜日にある補習授業は、成績が芳しくない生徒や、自ら高度な勉強を望む生徒のために設けられている。

彼は教員免許を取得していない。

けれど、一流と言われる国立大学を卒業していたこともあり、小学生はもちろん中高受験生の補講内容に対応する自信はあった。

これまで、彼は教師になる自分を想像したことがなかった。

むしろ、教師にだけはなりたくないと思っていた。

純粋な目で質問をしてくる生徒たちに後ろめたさを感じることもあった。

無論、この職に就けたことは幸運だったと思っている。

キムラが言うように、桑原や塾長には少なからず感謝している。

そして、後押しをしてくれたあの人にも。

あの人に他意があったわけではない。彼と彼の妻の生活のために動いてくれたのだ。

だが、彼は生活のためだけにこの仕事をしているわけにはいかなくなった。

8時過ぎに玄関のチャイムが鳴り、いつものようにキムラが迎えに来た。

車がスタートするとすぐに、キムラが口を開いた。

「ニュース観ました？　久我山でバアさんが殺されたヤツ……あれって」

うっかりとその素性を口走りそうになる。

「……知っている人か？」

「知ってるも何も、ボスんとこの家政婦のバアさんですよ」

「え？　そうなのか」

「そ！　ゆうべ、塾長から電話があって、マジでびっくり！」

塾長から電話……？

「何でまた塾長が君に……？」

「あ……いや、実は今日、ボスが新幹線の始発で名古屋に行く予定だったから、車で送ることになってたんスよ」

「そう。じゃ、出張は無しになったのか」

「出張に行ってる場合じゃないって。最近はあのバアさんと二人暮らしみたいなもんだったんスもん」

「二人暮らしって……殺されたのは久我山とか言ってなかったか？」

信号が赤になり、車が停止してキムラが振り返る。

「自宅はね。でも、あのバアさん、昔っからほとんど泊まり込みだったみたいスよ」

あ、これは内緒で……と、キムラはエヘヘと笑った。

「ボス、疑われてたりしてね」

信号が青になり、車はまた静かに滑り出す。

「まさか……殺す動機なんてないだろ」

「冗談だって。あんな良い人が殺人なんて。まして、あのバアさんのことは母親みたいに思ってるようだって、塾長が言ってましたよ」

そういうのも、新宿の事務長のバアさんは気に入らないんだって……と、キムラは面白そうに言った。

「でも、今日はボスんとこには警察が行ってるんでしょうね。ショックだろうな、ボス。あのバアさん、口が悪いから恨んでるヤツがいたのかも」

「殺すほどの？」

「うっかり、っていうのもあるじゃないスか」

「うっかり酒に薬混ぜて絞め殺した？」

キムラは少し唸って（うな）から「無理があるっスね」と軽く笑った。

「ボスも災難続きで気の毒だね」

「ホント……自分も知らないうちに誰かに恨まれてるかも知れないって考えると怖いっスね」

「そう言えば、本校で問題を起こして解雇された講師が、うちの塾長の親戚だったって聞いたことあるけど、塾長の力で何とか留めることはできなかったのかな?」

「ああ……だいぶ前の話でしょ? その講師は前から転職を希望していて自分から辞めたって聞いてますよ。それに、問題って言っても、担当していた生徒が合格確実だった中学受験に失敗したんスよ。その責任を取れって……取りようないじゃないスか、そんなの」

キムラは珍しく憤然とした声を出した。「自分とこの息子がアホなのに」

「息子の失敗を認めたくないんだろうな」

「まさか、その親がボスんちに怒鳴り込みに行って、あのバアさんに一喝されて頭に来たとか?」

「それはないかな……第一、殺されたのは自宅アパートだからな」

「ほら、やっぱり無理がある。ま、あのバアさんへの個人的な恨みからスよ、ボスは関係ないっス」

「塾とは無関係だと良いよね。ここが問題になったら私も転職先に困るからね」

「俺もっスよ」

「しかし、塾の経営も大変だね。親の方が必死だからな。学校なんてどこに入ってもそう変わりはないと思うんだけどな」

「塾の講師がそんなこと言っちゃダメっスよ」と、キムラも明るく笑った。

「家政婦さんと本校の事務長はそんなに仲が悪かったのかな」

彼は話を戻した。

「いやぁ、そもそもうちの塾長だって、あの家政婦を気に入らないのはバレバレなのに……ボスが頼りにする女は全部気に入らないんスよ。相手が若いおねえちゃんでも年増のバアさんでも……女ってほんっとマジで面倒臭いっスね」

あ、お宅の奥さんは別でしょうけど、とキムラは慌てて付け足した。

「いや、面倒臭いよ、うちのも。それなりにね」と、彼は冗談めかして言った。

上階から降りてくるエレベーターを待っていると、背後に人の気配を感じた。

キムラかと思って振り返るが、玄関や事務室の前には誰の姿もない。

車椅子の生活になってから、彼は背後の気配に敏感になっていた。

以前、信号待ちをしている時、ストッパーをかけ忘れていた車椅子に子どもがぶつかって来たことがあった。

彼は車椅子ごと車道に弾き出され、危うく車に撥ねられるところだった。

その時の記憶は、車椅子の生活を余儀なくされた事件と共に根強い恐怖となって、彼を必要以上に敏感にさせてしまっている。

だが、確かに誰かが、自分を見ていたような気がする。

微かな靴音と、その誰かが起こした僅かな空気の流れ……。

エレベーターのドアが開き、中に車椅子を移動させた時だ。

正面にある鏡の中に、玄関脇のロッカーの陰に消える人影が映った。

そういえば……。

この数日間、同じようなことがあったことを思い出した。


昼過ぎに、彼はキムラの車で帰宅した。

キムラはその足で桑原宅に向かうと言い、彼の妻が勧める昼食を断り、ドアを閉めた。

「大変ね、あの人も」

妻は準備していた昼食を冷蔵庫に入れながら、さほど興味なさそうに言った。

「塾長から頼まれたんだろう。桑原一人じゃ、また発作を起こすかもしれないからね」

彼は、桑原がパニック障害の発作を起こした時のことを思い出す。

あの時、買い物から帰宅したという富田が薬を与え、ずっと傍に寄り添っていた……。

誘拐犯人から身代金要求の電話が来てすぐのことだった。

あの女が殺されたのは、妻も言ったように、誘拐事件と無関係ではないと彼も思う。

「夫は精神的な不安があるのに、妻は買い物三昧で人も羨むインフルエンサーか」

珍しく、妻は棘のある言い方をして笑った。

「そういう距離感の夫婦なんだろう……たくさんいるだろう、そういう夫婦は」

うちと違ってさ、と彼が言うと、妻は少し黙ってから話題を変えた。

「5時の約束だったわね。夕食も一緒にできたら楽しいわね」

妻は明るく言い、洗濯物を取り込みに二階に上がって行った。

捜査V

この駅に降り立つのは二度目だ。

桑原宅への道順は覚えている。

本来であれば、先輩である古沢の前を歩くのは御法度だが、今日は古沢自ら真帆の少し後ろを歩いていた。

朝イチの捜査会議の後、真帆と古沢は以前のように二人で聞き込み捜査に出た。

「まさか、またこうしておまえと組んで捜査にあたるとは思わなかったぜ」

それはこっちのセリフだと真帆は思ったが、我慢して黙った。

古沢は来月初旬に退職をするのだ。真帆が荻窪東署に戻るのがいつかは分からないが、この古参のオッさん刑事とコンビを組むことは、これが最後になるだろう。

「おまえたちは、その家政婦が主犯で、杉藤巡査を撃ったヤツが共犯者だと思っているんだな？」

「はい。カメラの映像にも富田啓子の変装した姿が映っていましたから、誘拐犯人は富田に間違いありません」

問題は、中華街の店に夏未を連れて現れ、杉藤巡査に発砲して逃走した男が誰かということだ。

「当時もその家政婦のことは調べたはずだと思うんだがな……」

捜査資料には、もちろんその記述はない。

「調べる前に圧力がかかって捜査打ち切りになったのかも」

あり得ない話ではないことは、真帆より古沢の方が分かっているはずだ。

唸る古沢の次の言葉を待つ間に、二人は桑原宅の門前に立っていた。


「お茶の用意もできませんで……すみません」

桑原和也は口籠(くちご)もりながら、頭を下げた。

通されたリビングの広さに、真帆の口からため息が漏れた。

外観はかなり年月を経た感じだったが、リフォームしたばかりなのか、大理石の床が美しく光り、置かれている家具にも高級感が溢(あふ)れていた。

「素敵なお部屋ですね」と真帆が正直に感想を述べると、桑原は、「妻の趣味です」と鼻先で笑った。

「早速ですが、富田啓子さんの事は、いつ、誰から連絡がありました？」

勧められたソファに腰を下ろしてすぐに、古沢が手帳を取り出した。

「昨日の夕方4時頃、新宿本校で打ち合わせ中に警察から電話がありました。啓子さん思った。

「……あ、いえ、富田の携帯電話に、私の番号があったそうです」

あの近所の主婦が言ったとおり、普段は〈啓子さん〉と呼んでいたのだな、と真帆は思った。

「富田さんと最後にお話しされたのはいつですか？」

真帆の問いに、桑原が初めて真帆と視線を合わせて来る。

「一昨日の夕方……ですね。夕食の用意はどうするかと……私は外で済ますと答えました。それが最後です」

「その時、富田さんに何かいつもと違うような様子は？」

「別に……特に何も」と桑原は首を傾げた。

「富田さんがお宅で働くようになって何年ですか？」

少し考えてから、桑原は答えた。

「私が中学に入ったばかりの頃ですから、二十七年くらいですね」

古沢がわざとらしく咳払いをし、真帆を見た。

言いにくいことは、全て真帆の仕事となる。これはいつもの古沢のやり方だ。

「先代の社長さんからの家政婦さんでしたね？　お父様とは親密な関係だったと聞きましたが……」

桑原は少し黙ってから、小さく息を吐いた。

「確かに当時はそういう関係だったようで、一年ちょっとで一度うちを辞めたんですが、数年してからまた父が呼び寄せたと聞いています。その頃は母が他界した後で……」

家政婦として出戻った……。その間、富田はどこで何をして暮らしていたのだろう。

そう問うと、桑原は何も言わずに「詳しいことは……」と首を左右に振った。

「では、富田さんとは、何かトラブルのようなことはありませんでしたか？」

「私とですか？　まさか、そんなトラブルなんて」

桑原は鼻白み、真帆を睨んだ。

「あ、いえ。桑原さんだけではなく、他の誰か……ご近所さんやご友人とか」

「近所付き合いはしていませんし、友人関係は、私の知る限り特別なかったと思います。劇団の俳優だった時もあったようですが、その頃の仲間とも付き合いはなさそうでした」

「甥御さんの佐原達郎さんとはお会いしたことは？」

「ありません。亡くなった姉がいることは聞いていましたが、甥がいることは知りませんでした。身内の話をする人ではなかったので」

もう一度咳払いをした古沢が口を開く。

「話は二年前の事件のことに遡りますが……」

は？　と桑原の眉根に皺が寄った。「まさか、あのことが今回の事件と？」

「無関係だとは思えないんです」

即座に言う真帆を見てから、古沢も頷いた。

「あの事件のことは、もう忘れたいんです。どうかそっとして……」

「そういうわけにはいかないんですよ、桑原さん」

古沢はいつもの口調になり、上体を桑原の方へ屈めた。

「上はどう言ってるか知りませんがね、私たちは自分の仕事に誇りを持って働いてるんですよ。うやむやにして忘れるわけにゃいかんのですよ」

「弁護士を……」

立ち上がる桑原を制して、真帆がタブレットを差し出した。

「夏未ちゃんを誘拐したのは、富田啓子です。これが証拠映像です」

は？　と怪訝な顔で桑原がフリーズする。

「座って良く見てください。富田は男に変装して夏未ちゃんを誘拐し、若い女にまた変装して夏未ちゃんを連れ去ったんです」

「まさか……」

意思のない人形のように、桑原は言われるままに腰を下ろし、タブレットに目を落とした。

「二年前のあの日も、富田はこちらにいたと聞きましたが、何か変わったことは？」

しばらく考えこむ素振りを見せ、桑原は首を左右に振った。

「あの日は、前の晩からうちに泊まっていたと思います……妻が翌日に買い物に行く予定があったし……それでなくても、夏未は夜泣きが酷かったので」

「桑原さんは事件当日、朝からお仕事だったんですね？」

「富田に起こされたのが8時頃だったかな。車を出す時に富田がゴミ出しをしていて、電動自転車に乗った中学生が富田にぶつかって……私は病院に連れて行こうとしたんですが、妻が必要ないと言い出して……妻は本当に身勝手な女です」

あ……！

「自転車にぶつかった？」

「ええ。右足の甲を轢かれたんですよ。自転車はそのまま行ってしまって、その中学生は近所に住んでいる少年だと知っていましたけど、富田が大丈夫だから騒ぎを起こさないでくれと」

これで、富田啓子が誘拐事件の犯人である証拠が増えたことになる。

「この映像の人物は、片足を少し引き摺っているように見えます。富田啓子は当日の朝、自転車で足の甲を轢かれたんですよね？」

ほう……と、古沢がタブレットを覗き込んだ。

桑原は青ざめた顔のまま、黙っていた。その両手が少しだけ震えている。

「あの日、奥さんのサツキさんは夏未ちゃんが拐われた後、この家に電話をして夏未ちゃんが戻っていないかと訊いてきたと、富田さんから聞きましたが、ご存じでしたか？」

家の電話にかけたのなら、犯行の最中の富田が電話に出られるわけが無い。

「家の？　それはないです。家の電話は警察が来るまで留守電にしておいたはずです。あの頃は子どもが生まれたことで、保険会社や教材の勧誘の電話が毎日のように来てたので、受話器は取らないようにしていたはずです」

「では、奥さんは富田の携帯にかけたんでしょうか」

「そうだと思います」

「それは、富田の携帯を調べれば分かるからいいとして……」

古沢がこの先の質問の行方を探るかのように、真帆を見る。

「富田は、何故こんなことを計画したと思いますか？」

真帆の質問に、桑原は即座に首を左右に振った。

「私たちは、富田には共犯者がいたと思っているんです。中華街で巡査を撃った男です。あなたは本当に、その男に心当たりはないのですか？」

「……ありません」

「あの事件の半年前くらいに、新宿本校を解雇された講師を覚えていますか？」

桑原の表情が変わった。

「そんなこと、いちいち覚えてはいませんよ。保護者からクレームの多い講師を解雇するのは当たり前のことですから」

「その講師は、何度も嫌がらせのメールやネットへの書き込みをしていたと聞きましたが、そういうことも覚えてらっしゃらないんですか？」

「そういうトラブルは事務長に任せてあるので、私は覚えていないんです」

唇を噛（か）む桑原に、真帆は言葉を続けた。

「その講師は練馬校の縁者だと聞いてますが」

「そうだったかもしれませんが、それも覚えてはいません。社員の縁者は、他にもいるはずですし」

「桑原さん……」

古沢が口を開いた。

「その講師っていうのが、共犯者じゃないかと我々は考えてるんですよ」

「桑原さん、大事なことなんです。本当のことを……」

真帆の言葉を遮り、桑原は甲高い声を上げた。

「本当に知らないんですよ！　第一、この動画は本当に富田なんですか！　フェイクの可能性だってあるでしょう？」

苛（いら）つきを隠さず再び桑原は立ち上がり、胸のポケットから薬のシートを取り出した。

古沢が真帆に「これ以上興奮させるな」という風に、首を小さく左右に振った。

水も飲まずに薬を飲み込む桑原に、真帆は静かに声をかけた。

「富田さんはとてもお酒が好きだったようですが、一緒に飲まれることもあったんですか？」

え？　と桑原は不思議そうな顔で真帆を見下ろした。

「富田は、夏未が生まれてからは酒も煙草も止めていましたよ」

「どういう事だ？」

桑原宅からの帰り道、古沢が先に口を開いた。

「富田啓子の遺体からは、多量のアルコール成分が検出されたんですよね」

「無理やり飲まされたんじゃねえか？」

真帆は昨日見た富田の部屋の様子を思い浮かべる。

数十本のアルコールの空き缶、食べかけのパック入り惣菜、冷蔵庫内の腐りかけの惣菜と、作って間もない新しい惣菜……。

そして、事件当日に近所の主婦が見たと言う、庭先にいた富田らしき人物。

その人物は、煙草を吸っていた……。

「それは富田に成りすました男性……中華街で発砲した共犯者？」

いつの間にか、真帆と古沢は道路の端に立ち止まり話し込んでいた。

富田の動機はまだ不明だが、練馬校塾長の縁者で元講師の男には動機がある。

「……富田を殺ったのは、ソイツか」

「でも、練馬校では門前払いをされて、その男が何者なのか全く……」

「手が出ねえ……ってわけだな？」

そう。いつもここで、真帆の推測は立ち止まる。

立ち話をする二人を不思議そうに見ながら、何人かが通り過ぎて行く。

ここでため息を吐いたら、きっとしゃがみ込んでしまうだろうと、真帆は両膝に力を込めた。

「いいか、今んとこ俺たちが手にした確実な事実は、あの誘拐事件の犯人の一人は富田啓子で、中華街で発砲したのが共犯者の男だということだけだ」

先日も来た駅前のカフェで、古沢は手帳を見ながら珈琲（コーヒー）を啜（すす）っている。

真っ直ぐ署に戻ると思っていた古沢が、珍しく真帆を誘った。

立ち食い蕎麦屋（そばや）でもなく、牛丼チェーン店でもない。

無論、店内で古沢は目立っている。

渋いチェック柄の上着を羽織り、くたびれた黒いズボン姿の初老の男が入るような店ではない。

小柄で、ウインドブレーカーにストレッチパンツの真帆との組み合わせは、その関係性に興味がそそられるのか、他の客たちの視線が痛かった。

「それにしてもだ……富田って女は、あの家に何の恨みがあるんだろうな」

「恨みからの犯行なんでしょうか……」

真帆はずっと消化できない違和感を口に出してみる。

「そりゃそうだろうが。赤ん坊を誘拐して夫婦に復讐（ふくしゅう）したに決まってる。たった一晩でも夫婦は寝込むほど心配したんだろうからよ」

「でも、二億円もの大金を要求する必要はあったのかな……」

「富田は老後が心配だったんじゃねえか？　桑原んとこに新しいヨメでも来たら、追い出されるかもしれねえし。もし折半するなら一億だ。そんだけありゃ、けっこう良い老人ホームに入れる。俺んとこはよ……」

話し続ける古沢の声を聞きながら、真帆は今まで頭の隅に追いやっていた疑問がまたいきなり浮き上がってきたのを感じた。

「吾妻巡査……部長とも話してたんですけど」

「何だ？」

「その二億円って、誰がどうやって回収したんでしょうね」

ん？　と古沢が怪訝（けげん）な顔をしてから、手元の手帳を繰った。

「……店の前のゴミ箱の下が下水道に……」

古沢の声がまた遠のく。

「騒ぎの最中に、素早く回収した……その頃、共犯者の男は捜査員に追われて逃走中だったはずですよね……」

「そうか、少なくとも犯行は三人いないと成立しなかった。いや、それ以上いるかも。共犯ではなくても知らずに協力しているってこともあるからな……」

「吾妻巡査部長は、中華街のその店自体が協力していたんじゃないかって……」

「ほう……そりゃまた大胆な推理だ」

「何だか、分からないことばかり……」

「そのクイズを解くのが、ま、俺たちの仕事ってわけだわな。とりあえず週明けからきっちり手分けして調べようぜ」

古沢が元気の良い声を出す。

プンと、独特な臭いがした。

気が付くと、思ったより間近に古沢の顔があった。

慌てて身を引き、カフェオレの入ったカップを取り上げる。

「フルさん、煙草まだ止めてないんですか？」

「止めたんだけどな。こないだ、山岸からいいのをもらって」

古沢はニヤリとして、内ポケットから黒いパッケージの煙草を取り出した。

黒い背景に、見るからに毒毒しい赤い蜘蛛の絵が描かれている。

「なかなか手に入らねえって言うから、つい試したら、この臭いが癖になってな」

山岸が家族旅行で行ったグアムのお土産だという。

「くさいか？」

「くさいです。ものすごく！」

「ま、お嬢ちゃんには分かんねえだろうなあ」

分かりませんよ、と言った途端、記憶の底からその香りが浮かんで来たように感じた。

スガワラと会った新宿の喫茶店だったか……？

嗅覚は人並みだ。けれど、確かにどこかで出会った臭さのような気がする。

「あ、チクショウ……また降ってきやがった」

古沢のダミ声で、後少しで何かに辿り着こうとしていた記憶が一瞬で消え去った。

署に戻るという古沢が走りながら駅に駆け込むのを窓ガラス越しに見送り、真帆はカフェに残って有沢に連絡を入れた。

長文になるのを覚悟でメールを打ち始めると、それを阻止するかのように有沢からメールが入った。《時間が取れたら、連絡をしてください。5時までならカイシャにいます》

急いで会計を済ませようとレジに近付くと、珍しいことに、真帆の分まで古沢が払っていた。

小雨の中を、古沢と同じく駅舎に走り込んだ。

電話ボックスはもちろん無く、改札から離れた人気のない通路で電話を入れた。

『吾妻巡査からおおよそのことは聞いています。富田がやはり誘拐犯だったんですね。桑原からは何か情報が得られましたか？』

すぐに、いつもより早口の有沢の声がした。

甥の佐原のことと富田が禁酒禁煙していたことを伝えると、『富田の身辺調査をしてから動いた方がいいですね』と早口で言った。

「傍に誰かいるの？……カイシャだよね？」

私用のスマホを使う時は、警察関係の言葉はできるだけ避ける。カイシャは、警察庁や警視庁、所轄、そして籍を置く部署の事だ。

そうです、と答える有沢の声に、真帆は違和感を覚えた。

有沢の声と共に、連続的なノイズが聞こえている。

同室の誰かがパソコンのキーボードを叩いているのだろうか。

警察庁は、真帆も何度か訪れたことがある。

だが、いずれも地下の食堂と売店だけだ。

有沢が所属する刑事企画課のある上階の雰囲気などは知る由もないが、有沢の少し緊張した声から想像する雰囲気には、とても自分は耐えられないだろうと、真帆は思う。

「詳しいことはまた明日ね。今日はもう上がるわ」

『はい。こちらは富田の身元調査をしておきます。椎名さんも今日はゆっくり休んでください……』

その声の背後に、誰かの咳がひとつ。

警察庁は、所轄署はもちろん、警視庁のように事件捜査の実務があるわけではない。

言うまでもなく、警察機構の頂点に君臨し、全国の警察を管理、運営する機関であるから、余程の問題が起きない限り、休日出勤の必要はないはずだ。

有沢は、表向きは勉強会への予習ということで、休日の登庁許可を取っていると聞いていたが、他にも何名かの職員が出勤しているのだろうか。

夕暮れ前の各駅停車は、狛江に着くまで座ることができ、またうっかりと乗り過ごすところだった。

今夜はともかく体を休め、曜子とゆっくり食事をしようと思った。

電車内で曜子にラインを入れたが、狛江の駅で確認した時は、まだ既読にはなっていなかった。

土日は曜子の店の書き入れ時だ。

この季節には、安価なレインコートや、夏用のブラウスなどがけっこう売れているようだった。

客の大半は、近所の団地に住む高齢者や、同じ商店街で店を開く顔馴染み（かおなじみ）だが、休日はいつも曜子の水晶占いを目的に、遠方から数人の客が訪れていた。

ビルの外階段を上ろうとすると、その類（たぐい）の客なのか、一階の店の中から二人連れの若い女が騒がしい笑い声を立てて出て来た。

おそらくSNSに書き込まれた評判に釣られて来た、占い目的の客に違いなかった。

「ああ、さっきの若い子たちね。今日は浅草（あさくさ）に泊まってナンタラいうミュージカル観るんだって。まだ高校生なのに、結婚相手といつ巡り合えるかって……」

へえ……と真帆は相槌（あいづち）を打ち、大皿に盛られた野菜炒（いた）めに箸（はし）をつけた。

また話が面白くない方に向かわないように、「今日は私の結果は知らせてくれなかったよね。余程悪い日だったとか？」

「ああ、ごめん。綾ちゃんの占い、毎朝ラインしてるもんだから、真帆の忘れちゃった」

どうせちゃんと見ないだろうし……と、曜子は少し拗ねたような声を出す。

「そう言えば、真帆の同僚で、仲の良い人いたじゃない……名前何だっけ」

「吾妻？　別に仲良くないけど」

「アズマ？　そんな名前だったっけ……？」

「私、同僚のことなんか伯母ちゃんに話したことないんだけど」

特に、異性の警察官の話などした覚えはない。

「どっちにしても私の周りの男性は、全員カノジョがいるから伯母ちゃんの期待には添えません」

あ、そ。と曜子はため息を吐き、近所の知り合いの噂話に切り替えた。

食事を終えて自室に一旦引き揚げベッドに転がると、すぐにスマホの着信音が聞こえた。

ウインドブレーカーのポケットから取り出すと、予想通り有沢の名前があった。

時刻は21時少し前。先刻の電話から、五時間以上が経過している。

『すみません。明日にしようかと思ったんですけど、意外なことが分かったので』

有沢はまだカイシャにいるのだろうか。背後の小さなノイズがさっきと同じように聞こえている。

　パソコンのキーボードを叩く音に間違いないと思うが、そのスピードは尋常ではない。

「ねえ、何か音がずっとしているんだけど」

『ああ、空調がちょっと故障していて……それより、富田啓子の親族のことなんですが』

　有沢が急いた声を出した。

『戸籍を調べてもらったんですが……』

「戸籍？　誰に？」

　それには答えず、有沢は話を続ける。

『富田には姉が一人いますよね、あの佐原という甥の母親ですが』

「うん。確か八年前に亡くなったって……」

　言いながら、素早くタブレットを取り出し、佐原の供述メモを開いた。

　佐原も、八年前に亡くなった母親が富田の姉であると話していた。

『その姉は佐原諒子というんですけど、諒子が結婚した相手、つまり達郎の父親は台湾人だったことが分かりました』

「父親が台湾人!?　でも、苗字は佐原……どういうこと？」

　台湾人の父親が帰化して日本名を取得したとか？

『それが違うんです。ややこしいのですが、諒子は台湾人の男と結婚したものの、達郎を産んですぐに離婚し、その後再婚した男が佐原守という男性でした』

だが、佐原守もまたその二年後に病死。諒子と達郎はそのまま佐原姓を名乗ってきたという。

『つまり、富田は華僑に縁があったということです』

有沢の言うとおり、やはり、富田の死は二年前の誘拐事件に関係していることは間違いない。

推測の域をまだ越えてはいないが、富田は雇い主の桑原夫妻に何らかの恨みを持ち、利害の一致した男――講師か、あるいは第三者と共謀。華僑の知り合いに協力させて二億円を奪った。そして二年後、何らかのトラブルが起こり、共犯者と揉めて命を奪われた……。

「金だけが目的なら、とうに分配してるはずだし……片方がさらに欲を出して奪おうとしてトラブった、とか？」

『なぜ二年経った今なのか、不思議議です。やっぱり二億円とは直接関係はないのかも』

共犯者と富田、そして複数人の協力者で二億円を分配したとしても、富田の手元には数千万くらいの金は残ったのではないだろうか。

あの質素を絵に描いたような暮らしに、その金はどう使われた？　または、まだどこかに隠されている？

『警察は、この事件も穏便に片付けてしまうつもりなんでしょうね。一課の刑事に訊いても情報はあまり届いてないようでしたもの。係長は今回のことはどう思ってるんでしょうね』

重丸とはここ何日も顔を合わせていない。

「金の線から洗うのは無理だしね。ナンバーを控えているとしても、とうに国外で換金されているかもしれないし」

普通なら、その札のナンバーを全国の警察に知らせるものだが、東南アジアや発展途上国に行っていれば、見つかる可能性は少ない。

たとえ浮上したとしても、日本の警察がそれをどう処理するかは考えなくとも分かる。事件そのものを葬ろうとしているわけだから。

『明日は例の日曜礼拝があります。今のところ、分かっている華僑は郭だけですから』

有沢の言わんとしていることはすぐに分かる。

これで、今週は休みなしか。

「分かった。礼拝の時間を調べて行ってみる」

今度こそ、郭に本当のことを話させなければならない。

『調べてあります。朝の10時からですけど、30分前くらいには着きたいですね』

同行すると言う有沢を断ろうかと思ったが、一人では心許(こころもと)ない気もした。

待ち合わせの時間を決め、真帆は早々に目を瞑(つぶ)った。

少しでも眠らなければ。

階下で真帆を呼ぶ曜子の声がしたが、布団を頭まで被(かぶ)った。

水槽の機械音が、今夜はやたらと耳に付いた。


待ち合わせは、先日も待機していた中目黒の教会前のコンビニに9時半。

電車を乗り継ぎ、一時間もかからずに到着すると、さすがに店内に有沢の姿はまだなかった。


今回もコンビニ滞在は長くなるかもしれないと思い、レジにいた店員に手帳を見せる。

「何か事件ですか？　店長を呼びますか？」

その必要はなく単なる調査のためと告げると、店員は少し落胆したような顔を見せた。

コンビニ内も早朝のせいか閑散としていて、長居をするには都合が良い。

珈琲（コーヒー）を買い、イートインのカウンターに向かうと、窓ガラスの向こうに教会に入って行く親子連れが目に入った。

日曜の朝。梅雨の晴れ間。清々（すがすが）しい空気。そして、教会に向かう幸福そうな親子三人。

その静かで美しい光景を見ていると、先刻の自宅での騒がしさが嘘のように思える。

昨夜はまさしく泥のように眠った。

スマホのアラームで飛び起き、曜子とろくに言葉も交わさずに靴を履くと、背中に曜子の声が飛んで来た。「日曜くらい、ゆっくり休みなさい！　夕飯までには……」

はあい！　と階段を降りながら、夕飯まではきっと帰れないかもしれないと思った。

曜子の言葉の語尾に、「博之が……」と聞こえたが、足を止めなかった。

あの明るい声なら、父の身に何かが起こったのではないだろうから。

こんな時、有沢のように一人暮らしができたらどんなに気楽だろうと思うことがある。

無論、曜子との生活に不満があるわけではなく、むしろ恵まれた暮らしだとは分かっていたが、生まれて一度も経験したことのない真帆にとって、一人暮らしは憧れだった。

大学時代に一度だけ、曜子にそう言ったことがある。

『いつ出て行ってもいいわよ。アルバイトでも何でもして自立できる覚悟があるなら』

思えば、あの頃が、遅く訪れた反抗期だったのかもしれない。

ガラス窓の向こうを行き交う人を眺めながら、そんなことをぼんやり考えていると、視界の端に見覚えのある姿が映り込んだ。

郭だ。

先日と同じく黒いスーツ姿で、老舗デパートの紙袋を下げ、ゆっくりとした足取りで教会の中に入って行く。

まだ礼拝が始まるまで30分以上ある。

教会のホームページには、礼拝はおよそ一時間半とあった。

郭のような華僑だけではなく、日本人の信者も多いと記載されていて、信者以外でも気楽に礼拝に参加できるとのことだ。

有沢に、礼拝を覗こうかと言ってあったが、多数ある日曜礼拝に関するサイトには、教会によっては信者以外を必ずしも歓迎するわけではないという口コミが、意外に多かった。

「早いですね」有沢の声が背後でした。

「今、郭が入って行った」と、真帆は教会を指した。

「ええ。商店街に入るところで見かけて、私たち、跡をつけてきたんです」

「そうなんだ……」

え……私たち？

振り返ると、店内の珈琲コーナーに、吾妻の姿があった。

「昨夜、吾妻巡査から連絡が入って、何か手伝えないかと」

吾妻はドリップ珈琲が出来上がるのを待ちながら、真帆に向かって片手を上げた。

真帆がよほどゲンナリした表情をしていたのか、有沢が笑みを作った。

「椎名さんと私は郭に顔がバレています。礼拝堂の広さや信者の数も分かりませんから、ここは吾妻巡査の出番かな、と」

「有沢さぁん、ミルク入れましたっけ？」

「あ、私は結構です」

二人のやり取りに多少の温度差はあるものの、こういうカップルは割にうまくいくのかもしれない、と真帆は思った。

いそいそと二つのカップを手に近づいて来る吾妻に、真帆は心の中で毒づいた。

〈あんたは、警部の飼い犬か……〉

けれど、確かにここは吾妻に頼るしかない。

幸せそうに珈琲を啜る吾妻を横目に、真帆はそっとため息を吐いた。

礼拝が始まるという10時の5分前に、吾妻は教会の中に入って行った。

10分前くらいから家族や友人同士らしい信者が十数名入って行き、真帆が到着した時からおよそ二十名の人たちが礼拝に訪れたことになる。

その中に、先日聞き込みをした夫婦の姿も見られた。

だが、その夫婦から得た情報では裏手に駐車場があるらしく、車で訪れる信者がどれほどいるのかは分からない。少なくとも、郭が取り入っているという信者代表の老婦人は、車椅子で裏から入るに違いなかったが。

「どっちにしても、吾妻が目立つことには変わりないよね。どう見てもキリスト教に興味があるようには見えないし、もちろん敬虔な信者には見えないし……」

大丈夫かな、と真帆が呟くと、珍しく有沢がケラケラと笑い声を立てた。

「椎名さんたちって、本当に仲がいいですよね」

まるで兄妹みたい……と言い、有沢はすぐに真顔になった。

言葉を返そうとした時、スマホの着信音が低く聞こえ、有沢が立ち上がってイートインの隅に移動した。「はい……あ、そうですか……ええ、大丈夫……分かりました。ありがとう……ええ、今はちょっと……」

私用の電話が入ったのだと思い無関心を装うが、つい聴き耳を立ててしまう。

電話を切った有沢が席に戻り、左腕を伸ばして時計を見た。

そのメンズ用のいかつい時計は以前にも見たことがある。最初は、その華奢（きゃしゃ）な腕には似合わないと思っていたが、有沢が乗る四駆車を見て、真帆は納得したことを思い出す。

真帆の視線に気付いた有沢が、そっと袖（そで）の中に時計を戻した。

「まだ一時間以上あるね……何か急用が入ったんだったら……」

「いえ、何でもありません。特に急ぐ用事ではありませんので」

それにしても……と有沢は声の調子を変えた。

「あの不当解雇された講師の件で、桑原和也を任意で引っ張れないでしょうかね。絶対にその講師のことは覚えているはずですもの」

「え？　容疑は？」

「労働基準法違反とか？」

「それって、警察の権限は及ばないんじゃなかった？」

有沢の目が朝陽を受けてキラキラと輝いている。

「知り合いに、労働基準監督官がいます」

そんな、無茶な……。

「任意でも引っ張ることなんか……その元講師が訴えたとかならともかく」

「あ……」

薄く笑っていた有沢から笑みが消えた。

その視線の先を辿ると、一人の男が教会の入り口から出て来るところだった。

もう、礼拝が終わった？

まだ始まってから30分ほどしか経っていない。

「礼拝って、途中退席しても許されるのかな……」

「礼拝自体が強制ではありませんからね。マナーの問題でしょうね」

ん……？

何気なく見送っていた、その男が下げている紙袋に気付いた。

「あのデパートの紙袋……さっき郭が持っていたのと同じなんだけど」

まあ、この近くのデパートのものですからね、と有沢は関心を示さず、またスマホに目を落とした。

その男が教会に入って行く姿は覚えていない。最初から持っていたのかもしれないが、何故か気に掛かる。

「ちょっと訊いてくる」と真帆は出入り口に向かって走って行く。

背後で有沢の声がしたが、その違和感を確かめずにはいられなかった。

「警察の方ですか？」

二十代半ばくらいか。白いコットンシャツにジーンズ姿。小柄な学生風の男だ。

「すみません。少しお聞きしたいことがあるのですが」

真帆は提示していた手帳を胸のポケットにしまい、頭を下げた。

男は少し困惑した顔を見せたが、素直に真帆に向き直った。

「早速ですが、あなたはあの教会の信者さんですか？」

男は首を左右に振り、「仕事で来ただけです」と言った。

それが、何か？　という風に、真帆の言葉を待つ様子が見られた。

「その、紙袋なんですけど……それって郭さんという台湾の方が持ってらした物じゃないんですか？」

不意の質問だったのだろう。男が息を止めたのが分かった。

「いや……え？　どういうことですか？　これは私の物ですが」

そのたじろいだ様子に、真帆が畳み掛けようとした時、背後から有沢の声がした。

「その紙袋の中身を知りたいわけではないんです。あなたが教会の中で郭さんの隣の席に座って、親しげに話されていたと……」

有沢が、吾妻からのラインを真帆に見せた。

「椎名さんが出て行ったのと同時に、連絡が入りました」

そして、男に向かって「私たちがお聞きしたいのは、郭さんのことなんです」と笑顔を向ける。

　すると、男は少し落ち着きを取り戻したように、大きく息を吐いた。

「郭さんとは懇意にされているんですね？」

「商売上の付き合いです。急ぎの商談があったのですが、郭さんは時間が取れないと言うので、こちらに……」

「礼拝中に商談ですか……郭さんもお忙しいんですね」

　真帆は目の前の男に嫌味を言ったつもりだったが、通じなかったようだった。

「ホント、まあ、郭さんにはお世話になっていますし、私の会社のお得意さまですから」

　男の言葉が急に砕けた。

「あなたは中華食材の問屋さんにお勤めとかですか？」

「そうです。主に乾燥食材です。フカヒレや燕(つばめ)の巣のような……」

　男の表情が柔らかくなったところで、真帆は質問した。

「二年前、郭さんが経営されている中華街のお店で事件があったことはご存じですよね？」

「はい。大変な騒ぎだったようで、郭さんもいい迷惑だと。でも、こう言っては何だけど、ネットで騒がれたお陰で、しばらくは野次馬の客で繁盛したらしいですから、いい宣伝になったって……」

「他に事件について何か仰(おつしや)ってませんでしたか？」

例えば……と、有沢が横から口を挟んだ。

「逃げた犯人を知っている、とか」

まさか……と男は初めて笑った。

「たとえそうでも、私なんかに言うわけはないでしょう。本人に訊いてください」

もういいですか、と身を翻そうとする男に、真帆が体を寄せた。

「やっぱり、この袋の中を見せてもらえませんか？」

「勘弁してください。大事な取引書類が入っていますので」

そう言うと、袋を胸に抱くようにして、男は背中を見せた。

取引書類……？

真帆は、早足で離れて行く男に声を放った。

「書類は中国語で書かれるんですか？」

郭は日本語は読めないと言っていた。

男は歩調を緩めて振り返り、笑った。

「私は日本人です。中国語は分かりません」

礼拝はきっちり11時半に終了したらしく、信者の人々に交じって吾妻が出て来た。

「あれ？　有沢さんは？」

吾妻が店内を見回した。

「郭と会ってた男を尾行するって……」

「なにっ！　ヤバいヤツだったらどうすんだよ。何でおまえ、のんびり握り飯なんか食ってんだよ。一緒に行くべきだろーが！」

吾妻が落ち着くまで、真帆は辛抱強く待った。

「……で、郭はどうしたの？　まだ出て来ないみたいだけど」

あ、と吾妻が真顔に戻る。

「あの男は牧師の古くからの友人らしくて、午後の礼拝の準備の手伝いをするとかで残ってるよ」

「車椅子に乗った婦人は来てた？」

「いや、中に信者は三十人近くいたけど、見てないな」

それなら、おそらく郭は正面のドアから出て来るに違いないと思った。

「郭とは何か話ができた？」

吾妻は郭の後列に座り挨拶(あいさつ)を交わしたが、信者ではないと分かったのか、それからは一度も振り返らなかったという。

「有沢が尾行している男と何を話していたか聞こえた？」

「内容までは分からないよ。郭の方は周りを気にしているようだったし」

なんだ……と真帆がため息を吐く。

「でもさ、郭って日本語が不得手だって言ってたよな。礼拝が終わってから牧師と話してるのが聞こえたんだけど、すげぇペラペラだったぜ、日本語」

「やっぱり……」

中華街の店での聞き込みの時、郭は日本語は読めないと言っていた。

真帆は、『私は日本人です。中国語は分かりません』というさっきの男の言葉と、紙袋に入っていたという取引書類について話した。

「じゃあ、その書類は日本語で書かれているわけだな」

「そう。あの時は一芝居打って質問をはぐらかそうとしたんだ。出てきたら、職質をかけよう」

今度は逃さないからな、と真帆は唇を嚙んだ。

「有沢さん、大丈夫かな……」

スマホばかり気にしている吾妻を横目に、真帆は三杯目の珈琲を買いに席を立った。

珈琲マシンの前でゆっくりと流れ落ちる液体を見ていると、吾妻の呼ぶ声がした。

振り返り、吾妻が指している方に目を向けると、郭が一人で正面の扉から出て来るところだった。

吾妻が先に飛び出し、真帆も荷物を抱えて続いた。

昼前の商店街は思った以上に人出があり、その人影を避けながら郭の背後に近付くと、郭を追い越して向き直った吾妻が、足を止めた郭に向かって手帳を提示した。

「郭建秀さん、ちょっとお話を伺いたいのですが」

「え……あれ？　あんた、さっき礼拝堂に……」

真帆も背後から声を上げる。「お時間は取らせませんから」

ギョッと振り返る郭が、真帆を見て嫌な顔になった。

「また警察か……一体、ワタシ何した？」

「郭さん、普段どおりに喋(しゃべ)っても大丈夫ですよ」

郭は途端に不機嫌そうな表情になり、「だから警察は嫌いなんだ」と吐き捨てた。

「あの事件のことだったら、もう話すことは何もない！　何度言ったら分かるんだ。こんな所でいきなり現れて……そうだ、何で私がここに来ることが分かった？　ずっと跡をつけていた？　私は容疑者なのか？　逮捕状でも何でも持って来ればいい！」

郭の声に、通行人たちが彼らをよけて遠回りして行く。

「すみませんね。この刑事の説明にどうも納得いかないもんですから、上司の私が直々にお話を伺いたいと思いましてね」

余裕のある言い方をして、吾妻は真帆にチラリと目を合わせた。

「先日、あなたは日本語の文字を読むのは苦手だと仰っていましたが、本当は話すのも読むのも全く問題ないんですね？　何故そんな嘘を？」

まずは、やんわりと話を始める。

激昂(げっこう)する相手には、相手が疲れ果てて静かになるのを待てば良い。

これも新堂か古沢の教えだったと思う。

郭はようやく息を整え、真帆と吾妻を交互に睨みつけた。

「さっき礼拝堂で男の方とお話しされてましたけど、ご親戚の方ですか？」

吾妻が世間話のように、さらりと訊く。

「ただの知り合いだよ」

「そうですか……さっきその男の方にもお話を伺ったんですが、商談であなたに呼ばれたと仰ってましたけど」

真帆も見習い、軽やかな声を出した。

「……だ、だから、親戚のヤツが商売を手伝ってくれていて」

しどろもどろになる郭に、吾妻が言った。

「さっきあなたたちの後ろの席で、聞いてしまったんですよ、お二人の会話を。あれはどういうことですか？」

途端に、郭の顔色が変わった。「ヤツに訊いてくれ！　私は関係ないんだ、騙されたんだ！」

郭の声が一オクターブ上がり、吾妻を払い退けて走り出す。

咄嗟に体が動いた。逃げる郭の上着の裾を掴もうとすると、バランスを崩して道路脇の植え込みの中に転がる吾妻が叫んだ。

「公務執行妨害！　椎名、逃がすな！」

「しかし、キミっていい根性してるわ。良くあんな嘘をスラスラと……」

さすが巡査部長！　とは言わなかったが、やはりその自信からくる大胆さなのか。

「嘘じゃないよ、話し声は聞こえたからな。内容は分からなかったけど」

しれっと言い、吾妻は再び取調室の中を覗いた。

マジックミラー越しに見える郭の体は、この一時間くらいの間にひと回り小さくなったように見える。

郭を捕まえたのは、結局は駅前交番の巡査だった。

真帆が必死に追いかけたが、郭は太っている割には足が速く、騒ぎを聞きつけ交番から出てきた巡査が取り押さえたのだった。

『いやぁ、こちらの刑事さんが、大声でドロボーって叫んで走って来るから……』

駅前交番の若い巡査は、呆れたような顔で真帆を見た。

全力疾走した郭は気絶寸前の様子で、駆けつけたパトカーに抗う力もなく乗り込んだ。

同乗して署に戻る間、有沢から連絡が入り、尾行していた男は池袋駅で見失ったということだった。『すみません。日曜で人が多くて……』

有沢にしては珍しく言い訳を付け加えたが、人混みの中であの小柄な男を尾行するのは大変だったに違いないと思った。

有沢とは明日本庁で会うことを決め、電話を切った。

休みだった古沢に連絡を入れたのは吾妻だ。

「ああいう男の相手は、フルさんみたいな人じゃないと務まらないだろ」という吾妻の意見にはもちろん賛成だった。

すぐに古沢は渋い表情で署にやってきて、「おまえら、自分たちで後始末も出来ねぇのか」と言ったが、どこか嬉しそうに見えた。

その古沢が、ミラーの向こうで机を叩いていた。

「こっちは嫁に行った娘が久しぶりに帰ってきて、今夜は焼肉なんだ！　あんたも日曜の夜くらいは家族とメシが食いたいだろ？　早いとこ済ませちまおうぜ、なあ！」

「だから、私はあの事件の被害者なんだ。本当に、あんなことになるとは思わなかったんだ」

「あんなこと？　あんなことって、どんなことだ？」

「だ、だから……アイツが拳銃をぶっ放すなんて……」

郭は、その瞬間を思い出したように少し震え、額から流れる汗を拭った。

「アイツって誰だ？　さっき教会で会ってたっていう男か？」

郭は即座に首を左右に振った。

「あの人は事件には関係ない。本当に商売上の付き合いで……闇で輸入している食材や漢方薬を買ってやってるだけだ。今日は支払いの日だったんだ」

「現金でか？」

「もちろんです。それは闇の売買の鉄則ですよ」

「ほう……それは立派な犯罪だな。ま、それは後でゆっくり聞くとして、拳銃をぶっ放したヤバいヤツは誰なんだ！」

はぁ……と郭は深いため息を吐いた。

「……ジョージという男だ。それ以外は知らない」

「ジョージ？　あんたのような台湾人か？」

郭は首を傾げた。「良くわからない。でも、北京語は上手かった」

「北京語の上手いジョージ……そいつとあんたはどういう関係なんだ？」

少し躊躇して、観念したように郭は口を開いた。


二年半ほど前。誘拐事件が起きる半年前のことだ。

郭は通っていた雀荘で、従兄弟にジョージと名乗る男を紹介された。

普段は従兄弟や知り合いの華僑たちと卓を囲むことが多かったが、メンツが足りない場合は店員か振りの客が加わることもあった。

ただ、郭たちが利用していた店はセット雀荘と呼ばれる店で、知り合いや家族など四人メンバーを集めてから入店するのが普通なのだが、フリー雀荘と言われる一人客専用の雀荘と間違えて入店してくる初心者も少なからずいた。

ジョージはその振りの客の一人だった。郭が不参加だった何日間かに郭たちのグループに参加したということで、従兄弟たちとは顔馴染みだった。

本名は名乗らなかったが、振りの客はその場限りということが多いのであえて名乗る者は少なく、ジョージという呼び名以外に興味を持つこともなかった。

数年前から、郭のグループは週一ペースでお互いの店の商談や近況報告などのために雀荘を利用していて、グループに欠員ができた時はジョージに連絡をするようになっていた。

「ジョージが何の仕事をしていたかは知らなかったけれど、世間話の中で、在宅勤務で企業の経理をしているとか言ってたような気がします」

その男が面白い儲け話があると言い、郭たち三人は冗談半分にそれを聞いた。

従兄弟の一人は、原宿でアクセサリーショップを経営していた。もう一人はその隣にあるインテリア雑貨店のオーナーだった。

「ジョージは、その二店舗のスタッフルームを一時貸してくれと言いました。他には何もしなくていいが、その時間は店内の防犯カメラの電源を切っておくことを要求されました」

「あんたの店は、翌日の人質と金の交換場所になったんだな？」

「はい……前夜に、店の前にあるマンホールが隠れる大きさのプラスティック製のゴミ箱を用意して、底が抜けるように切れ目を入れておくようにと。まさか、夜中にマンホールの蓋を外していたとは。ゴミ箱の細工の理由も後で知ってびっくりしました」

「知らなかっただぁ？　本当か、それ！」

「何も訊かない約束で、五百万円ですよ、従兄弟たちはカメラのスイッチ切っただけで……」

「前日に振り込まれてました」

「貰えたのか？」

答えた瞬間、郭の顔が更に青ざめた。

「これって、罪になるんですか？　知らなかったんですよ、本当に。金は返しますから！」

「それだけのシゴトで五百万って、ヤバいことに巻き込まれてるとは思わなかったのか！」

「だから、従兄弟たちはすぐに店を畳んで国に帰りましたよ。あいつらは台湾にも店を持っていて、暮らしに困ることはないですから。でも、私は借金があって……」

郭は麻雀の他にも、競馬に多額の金を注ぎ込んでいた。店を担保に銀行からの数千万の借り入れがある上、消費者金融にも同額以上の借金があった。

「なあ、本当は二億円を回収したのはあんたなんじゃないのか？」

「なっ……何を言うんだ！　私は五百万もらっただけだ」

「あのな、桑原んとこの家政婦が、あんたの言うジョージと連んで誘拐事件を起こしたのは間違いないんだ。だがよ、下水道に落ちた現金に一番近い所にいたのはあんただろうが」

「そ、そんな金あったら、とうに従兄弟たちみたいに台湾に帰ってますよ」

郭は今にも泣き出しそうな顔になる。

それを見て、古沢が少し声を和らげた。

「あんた、家族は？」

「前は嫁がいました。娘も一人……今は離婚して二人は台湾に帰りました」

「寂しいだろ」

「別に……教会の仲間もいますし」

「寂しいよな」

「店の顧客と飲んだりしてますから」

「でも、寂しいだろ。所詮は他人なんだし。一人で食うメシは不味いだろ」

「メシはいつも知り合いか店員と。一人で食っても旨いもんは旨いですし。最近は医者に奨められてもっぱら和食ですが、全く痩せなくて……」

「んなこたぁ、訊いてねぇよ！」

背後で新堂の低い笑い声がした。

「班長、来てたんですか？」

新堂は真帆と吾妻を交互に見て、「ご苦労さん」と再び窓の中を覗いた。

「フルさんから連絡があったんだ。来ないわけにはいかないじゃないか」

窓の向こうから、古沢の苛立ったダミ声が響いて来る。

「フルさん、だいぶ苦戦してるようだな」

「はい。事件の大枠は見えましたが、肝心の主犯格の男の正体が全く……」

「ジョージって、言うんだって？」

おそらく本名ではない。

「そのジョージが杉藤巡査を撃ったのは間違いないようです。でも、その他にも共犯者がいなければ、犯行は成立しません」

「新宿校を解雇された元講師か……」

「はい。かなり怪しいと思います。その講師のプロフィールさえ手に入れば……」

「夕方あたり、重丸から連絡が入るはずだ。その講師の履歴書をぶんどってくるらしいぞ」

「え……マジですか？」

吾妻が真帆より先に声を上げた。

「それなら、その履歴書の写真を郭に……」

真帆が声を上げた途端、ミラーの向こう側から古沢の怒声が響いた。

「弁護士を呼ぶだあ？　やっぱりあんた、何か隠してんだろ！　教会で商談してたって男がそのジョージなんじゃねえのかあ？」

「違う！　ジョージはもっと大柄な男だ、あの人はあんな大それたことができるヤツじゃない」

「アイツの名前は何て言うんだ？」

「知りませんよ。あの男はただの運び屋で、雇い主には会ったこともないんです」

「運び屋？　なら雇い主の名前か会社名は覚えてるだろうが」

「ん……キジマ商会？　コジマ……いや、違うな」

「惚(とぼ)けんじゃねぇぞ、コラ！」

「去年、いきなりうちの店に電話をかけてきたんだ。高級食材が安く買えるって。名前なんてどうでもいいんです。言ったかどうかも覚えてませんよ。いつも向こうから店に電話が来るだけですから」

「ホントだな」

「今更嘘言ってどうするんですか。何でも話しますから、店にだけは連絡させてくださいよ」

その情けない声を受け、古沢が、マジックミラー越しに真帆たちの方を見上げてニヤリとした。

「どうも嘘を吐いているようには見えないな……」

新堂が真帆と目を合わせた。

真帆も同じことを考えていた。この期に及んで白を切る度胸は郭にはないと思った。

「重丸係長、その履歴書を入手できるかな。あの塾は相当手強いですよ」

郭の勾留期限が切れる前に、その講師がジョージと同一人物かどうかの確認が必要だ。逃亡の恐れはないだろうが、従兄弟たちのように台湾に高飛びされたら面倒なことになる。

「何か考えがあるんだろう。椎名の証言を信用している証拠だ。明日にでも送ってもらえばいいじゃないか」

「何、のんびりしたこと言ってるんですか。捜査に休日もヘチマもないって班長が言ったんじゃなかったですか？」

「それ、フルさんの口癖だろ？　俺、今日は息子と野球観に行く予定だったんだよ」

また嫌われちゃうじゃないか、息子に……と、新堂は顔を顰めた。

けれど、新堂班のブースに着くと、先刻とは表情を変えた新堂が言った。

「おまえたちを巻き込んですまなかった。まさかここまでやってくれるとは思わなかった。重丸は絶対におまえたちを巻き込みたくないと言ってたんだが……」

「いいえ、私たちも重丸係長をあんな閑職に追いやった事件を解決したいだけなんです。

どんな圧力が掛かろうと……」

「何だ、一端の刑事みたいなセリフだな」

椎名とこんな真面目な話をするのはこそばゆいな、と新堂は笑った。

新堂のパソコンに重丸からファイルを添付したメールが届いたのは、それからしばらくしてからだった。

モニターに一般的な形式の履歴書が現れる。

氏名の欄には、杉村亨とあり、小太りで扁平な顔をした男の写真が貼り付けられていた。

経歴の欄には、神奈川県の私立大学を卒業後、数社の塾で講師の経験有りとある。

「重丸係長は、どこから入手したんですか？」

「練馬校の別の講師を口説いたそうだ。娘が世話になった講師らしいが」

重丸は、セクハラ被害の匿名の通報があったため、過去に在籍していた講師の履歴書が手に入らないかと持ちかけたという。

その講師から数枚のコピーを受け取った重丸は、一人ずつ所在を確認し、残ったのがこの履歴書だった。

「この杉村という男だけは卒業した大学にも確認したが、そんな者はいないと。おそらく偽名で、経歴も嘘っぱちだろう。写真だけが本人のものだ」

偽名や経歴詐称は調べなければバレることはないが、写真は本人でなければ面接は通らない。

「相手は探偵ごっこみたいな気分で協力してくれたんだろうけど、重丸もひどいヤツだよな」

「というか……前から訊きたかったんですけど、係長の娘さんや班長の息子さんがあの塾に通うことにしたのは偶然ではないですよね？」

「いやいや、いい塾だって聞いてたから、純粋に息子のためを思って入れたんだが、保護者として塾に出入りできると思ったのも確かだ。でも、うちの息子は三日で嫌になって辞めちまったよ」

入会金、返してくれないひどい塾だよ、と新堂はボヤいた。

重丸は事件の直後からこの元講師を疑っていて、娘の入塾後も練馬校の塾長に聞き込みに行ったという。

「だが、どうもその塾長っていうのが全く相手にしてくれなかったそうだ」

「なら、任意で引っ張りましょうや」と、背後で古沢の声がした。

新堂が苦笑いをしながら「またそういう無茶を言う」と、呆（あき）れた声を出した。

「フルさん、郭の取り調べは終わったんですか？　あの男に見てもらいたいものが」

「今、休憩を入れてる。何だ、見てもらいたいものって」

古沢にパソコン内の写真を指し示す。

「誰だ、これ……」

「事件の半年前に新宿本校をクビになった講師です。桑原を恨む動機があります。郭の言うジョージではないかと」

あれ……？

そこまで説明を終えて写真を見つめ直す。

初見では気づかなかったが、真帆はその顔に見覚えがあるような気がした。

その目鼻立ちを凝視して、真帆は思わず声を上げた。

あの男⁉

途端に、激しい雨の音が頭の中に蘇った。

告発 V

彼の書斎は家の西側にある。

妻は平家建てを望んだが、この地域で平家のバリアフリーの貸家を探すのは困難だった。

結果的には、二階建てのこの家に決めて良かったのだと彼は思う。

妻も内心ではそう思っているだろう。

二年前までは妻との生活に全く別の未来を想像し、それは確実にやってくるものだと疑いもしなかった。

普通の暮らし。普通の夫婦。普通の家族。

彼はそれまでどおり、出世より家庭を大切に生きたかった。

そういう野心のない夫に、妻は少なからず不満があるはずだったが、保育士の妻にとっては、穏やかな暮らしを保障する公務員との結婚は望みどおりだったと言ったことがある。

妻が育った環境が、その究極にあったことも理由のひとつ。

この家での暮らしが始まってから、妻は以前より闊達（かったつ）になった。まるで恵まれなかった子どもの代わりのように、彼の世話をし、無論、保育士の仕事にも以前より情熱を注いでいた。

犬猫を飼うのが良いと周囲は勧めたが、妻は耳を傾けようとはしなかった。

今日のような休日になると、昼過ぎには買い物に行き、夕方の食事の準備までの数時間、妻は二階の自室に籠（こ）もるようになっていた。

彼はその部屋に入ったことはない。

内覧の際、不動産会社の体格の良い営業マンが彼を背負って上がってくれて、廊下から室内を確認しただけだ。

二階は二間あり、どちらの部屋にも風が吹き渡るような造りになっていた。

「宝くじが当たったら、エレベーター付きの家を買おうね」と、その時言った妻の顔が忘れられない。

今、彼はそんなことを思い出しながら、夕日が傾く目の前の光景を眺めていた。

昨日、あの上司がやってきてから、また彼の生活は変わろうとしていた。

彼と妻なりに、この二年間を必死で生きて、今の生活がずっと穏やかに続いても構わないなどと思うことがあったが、妻はやはり違う思いでいたことが分かった。

昨夜はまた夕方から雨になっていた。

『この男が、犯人なんですか？』

かつての上司である重丸のタブレットを覗いて、妻はしばらく息を吸うことを忘れたかのようだった。

『おそらくね。まだ容疑者と呼ぶべきだけど……誘拐事件に関わったことは確かだわ』

彼は、重丸が差し出した履歴書にある写真を見つめた。

『杉村亨……？』

『偽名かもしれない。でも、この男が中華街で発砲した可能性が高いわ』

重丸は桑原の家政婦だった老女が誘拐事件の首謀者で、共犯者が写真の男に間違いはないと言った。

『この男が夫を撃った……』

妻が呟いたが、彼の記憶にはない顔だった。

『あの時、この男を見た覚えは？』

『いや……全く』

『だいぶ前の履歴書だから、雰囲気は今とは違うわね。私も違う人間かと思ったもの』

そう言って、重丸は別のファイルから違う写真を取り出した。

どこかのビルの出入り口から出てくる男の姿。夜景だが、街灯の灯りにくっきりとその顔が映し出されている。

彼は息を呑んだ。

『この男の経歴を徹底的に調べて、必ず桑原の近い所にいると確信したの。それに、あなたからの情報を繋ぎ合わせたら、この男に間違いないと。私の部下は、以前太っていた頃の履歴書の写真からも間違いないと思ったそうよ』

『これは……』

喉元で言葉が空回りした。

『職場から出てくるところを隠し撮りした写真よ。体形は随分変わっているけれど、この顔と履歴書の写真の顔は、顔認証システムで同一人物という結果が出たわ』

不思議な気分だった。

どちらも、彼が知っている顔とは別人のように見えた。

『誘拐事件当日の朝、桑原宅の周辺でうろつく姿が確認されたわ』

桑原宅の前の道路に設置されている防犯カメラに、家の様子を窺う男が映っていたと言い、重丸はタブレットを操作し、その映像を取り出した。

『映像提供者は警察庁にいる私の同期よ。もう一人の同期の警部補が以前から開示するように説得していたんだけど、ようやく規律違反を犯してくれたわ』

言いながら、重丸は動画をスローにする。

男は黒いウインドブレーカーを着て、同じく黒いキャップを被っている。

一瞬、カメラを見上げたところで静止させ、その顔にズームする。

喉元の言葉が、ようやく口元に上がって来た。

『本当に、この男なんでしょうか……』

　呟く彼に、重丸が答えた。

『二年も経っているから、物的証拠を掴むのは難しいと思う。でも、拳銃とこの男の接点さえ分かれば、状況証拠だけでも逮捕状は取れるわ』

『拳銃との接点……でも、肝心の銃の特定ができなければ』

　彼の腰を撃ち抜いたのは9ミリ弾だったと彼は聞いたが、拳銃の種類は教えてもらえなかった。

　自分の人生を変えた銃だ。事件当時、見舞いに来た一課長に訴えたが拒否された。発表があるまで待て、と。

　なぜか鑑識課には箝口令が敷かれ、一向にそれは公表されなかった。

『私はずっと警察から横流しされた銃だと思っていたけど……警察庁にいる同期が鑑識課で撮影した写真よ』

　重丸がパネルをタッチすると、一枚の画像が現れた。

『シグ・ザウエルP220……』

　スイス製のオートマチック小銃だ。

　その砲身に、小さく刻まれている桜のマークがあった。

『自衛隊の……陸自の銃ですね』

　彼の頭の中で、遥か昔の出来事が薄らと蘇った。

光る銃身。油の臭い。鼓膜をつんざく銃声。薬莢の熱。上官の怒声。泣いていた誰か。その誰かにタオルを渡す自分。

警察の実包訓練とは比べようもない厳しさ……。

なぜ急にそんなことを思い出したのか、彼にも不思議だった。

『偶然なのかもしれないけれど、あなたがかつて所属していた陸自の銃で銃撃されたことは確かだわ』

妻の小さな悲鳴が聞こえた。

彼の思い出したイメージに、この写真の男は全く登場しないのだが、陸自での切れ切れの映像が頭から離れない。

『何の因果かしらね。でも、陸自から流出した物だとしたら、防衛省がらみの隠蔽工作に警察が一役買ったということね』

『この男はどうやって……まさか元自衛官？』

『それが違うのよ。この男は一度も自衛官になってはいないわ。多分、横流しされた密売人から買ったのかもしれない』

妻が、堪えきれずに二階に駆け上がって行く。

『ごめんなさい。過激すぎたわね。でも、家政婦が殺害されたことから、またマスコミが騒ぎ出すことを恐れて、有耶無耶にされてしまう危険もあって……』

『いえ、妻は大丈夫です。自分の感情の始末はできる人ですから』

長かったわね、二年間は……と、重丸は顔を曇らせたが、すぐに凜(りん)とした顔つきに戻した。

『あれからずっと大変だったものね。私も柄にもなく孤独だったわ。新堂警部補も彼なりに孤独だったと思う』

『いえ……新堂警部補には逆に申し訳ないと……』

『でも、今回の殺人事件で、私の仲間の刑事たちも同僚たちと再捜査にあたってくれているし、当時の捜査員たちも協力してくれているわ』

『刑事なら、担当した事案の解決を望むのは当然です』

『ええ。家政婦が誘拐事件の首謀者だということは映像解析ではっきりしてるし、この男は今回の殺人事件とも絶対に関係があるはずだわ』

『家政婦の女性も、この男が手に掛けたんでしょうか？』

いつの間にかリビングに戻っていた妻の声で我に返った。

『現場から採取した指紋のうち、比較的新しい物が写真立てのフレームから検出されたと鑑識から連絡があったわ。この男を確保すれば、全てがはっきりすると思う』

ぼんやりと写真に見入っていた妻が、色の無い声で呟いた。

『死ねばいいのよ……こんな男』

それは久しぶりに声に出た、妻の本音のように聞こえた。

重丸は、明日の夕方、あの男に任意同行を求めると言って帰って行った。

予定時間は16時。

その時刻まで、まだ二十時間近くある。

明日の天気予報は晴れのち曇り。

この空が今のような色になったら、また人生が変わるのかもしれない。

紅茶のいい香りと共に、妻の少し華やいだ声が室内に近付いて来る。

「やっぱり、年末までにはどこかの平家に引っ越せたらいいわね」

妻の中では、もう事件は解決したことになっているのか……。

これからが本番なんだと言おうとしたが、黙って笑顔で振り向いた。

妻もニコニコと笑い、ティーカップを載せたトレイを抱えて立っている。

その二つの目から溢(あふ)れたものが、茜色(あかねいろ)の光の中でキラキラと光っていた。

捜査 Ⅵ

嫌な夢を見た。

あの写真の男が、拳銃を向けて目の前に現れる夢だ。

その顔は明確な輪郭を持っているわけではなく、角度を変えると吾妻になったり新堂になったり古沢になったりもした。

だが、目覚めた時には、［ブロッサムアカデミー練馬校］で一瞬見かけただけの男の顔が、はっきりと形になって蘇った。

履歴書に貼ってあった小太りのその顔は、真帆が見た細面の男とは別人のようだった。

だが、その特徴的な受け口と目鼻立ちは、間違いなくあの男のものだった。

忘れていた記憶のはずだった。

何気ない通行人の風景の一部だった。

真帆には口も利いたことのない全くの他人だったが、何度も思い返すうちに、たった一晩で、その声まで想像できるくらいに身近な存在になっていた。

真帆はまた荻窪東署の仮眠室で朝を迎えた。

狛江の自宅に帰っても、おそらく眠れなかっただろう。

一睡もせずに月曜日の通勤ラッシュに揉まれるのは、地獄に堕ちるより恐ろしい。

朝イチの捜査会議の後、真帆は近くのショッピングモールで安価な着替えと軽食を買い、再び署に戻った。

午後の捜査会議は、一昨日の初めての会議より捜査員の数が少なかった。

誘拐事件との関連を訴えた結果、更に上からの圧力が増したのかと疑ってしまう。

新堂の欠席を誰も問題にはしなかったことからも、それが窺える。

古沢や吾妻も、白けた顔で着席していた。

単なる儀式のように会議は進み、新堂班と別班に、引き続き粛々と捜査を進めるようにと言う署長の言葉で終了した。

「ありゃ、上は何も動く気はねえってことだな。富田のガラケーもまだ解析してねぇって」

刑事課に戻ると、古沢がデスクに上着を叩きつけた。「ったくよ！」

「でも、こっちが摑んだことも報告してないですから」

真帆が写真の男を練馬校で見かけたことは捜査会議では報告していない。すぐ先回りして隠蔽される恐れがあるからだ。

「ほな、粛々と取り調べの続きを始めるとするか」

「郭をこれ以上勾留していて問題にならないんですか？」

昨日、郭に元講師の写真を見せたところ、全く見覚えのない男だと言った。

「問題になんかならねえよ。嘘かも知れねえし、何か余罪をゲロするかも……」

勾留期限は四十八時間。今のところ、公務執行妨害と密輸売買の疑いのみだ。

昨日吾妻は、総務にいる似顔絵捜査官に急遽依頼し、郭への聞き取りで一枚の似顔絵を作成していた。

中華街の郭の店で、杉藤巡査を背後から撃ったジョージという男の似顔絵だ。

その顔を何度も見ているのは郭だけだ。

けれど、画用紙に現れたのは、これといった特徴のない凡庸な顔だった。

真帆の記憶にある、練馬校で見かけた男とは別人だったが、その一重瞼の目元に真帆の記憶が一瞬反応した。だが、それはあまりにも朧げだった。

『どこにでもいる平凡な顔だからな。どっかで会ったかすれ違った男に似てるってことだろうが』と、似顔絵を見ていた真帆に、吾妻がつまらなそうに言った。

〈［りんどう］の客とか……まさかね〉

ぼんやりと顔を洗っていると、背後で新堂の声がした。

「椎名、トラ丸が狩に出るらしいぞ！」

振り向くと、新堂がスマホを持った手を翳し、「おまえも狩に出るか？」と笑った。

重丸が狩に出るのは16時と聞いた。

狩場は、真帆が玉砕した練馬校だ。

『あの元講師に任意同行をかけるんだとさ。おまえの証言どおり、今は練馬校で働いてるみたいだぞ』

昨日、重丸は新堂を介して真帆からの情報を受け、一課の捜査員と共に所在を確認したという。

すぐに吾妻と向かおうとしたが、古沢に一喝された。

『おまえらが先にウロチョロしたら、勘付かれちまうじゃねぇか！』

トンズラされたら重丸に何て言い訳するんだ、と声を荒らげる古沢を宥め、新堂が驚くようなセリフを口にした。

『昔っからフルさんは重丸のファンだからな』

驚く真帆と吾妻を交互に見て、『俺のマドンナにこれ以上苦労かけるなよ』と古沢はしんみりとした様子で呟いた。


「古沢巡査が私と吾妻を帯同するって。とりあえず、その元講師の男を確保できれば、もう一人の男にも辿り着けるはずだからね」

一度帰宅をするという吾妻が去り、真帆は屋上で有沢に電話を入れた。

『ようやくですね。私も、こちらの仕事が終わり次第向かいます』

断る隙を、有沢は与えてくれそうもなかった。

今日も、有沢の背後からいつものノイズが聞こえてくる。

「そこって、企画課の情報分析室……だよね？」

一瞬間があって、有沢が『ええ。事件が解決したらお話しします』と答えた。

《目の前の草木に潜む、小さな生き物に気を取られずに、遥か遠くで笑う大きな獣を見よ……ラッキーカラーは檸檬色》

《海のような青い水溜りの中に、必死に走る人影が映っている。それは自分の影か、まるで知らない他人の影かは分からない……ラッキーカラーは梔子色》

有沢への電話を切った後、曜子から届いていたラインを開いた。

猫の写真のアイコンには3の数字が見られ、会えなかった二日間の占いの結果と、応援マークのスタンプが送られていた。

昨夜の外泊を連絡することを忘れていたが、外泊の理由を問う文言はなかった。

「昨日は檸檬色、今日は梔子色。どっちも黄色じゃん……」

「黄色……？」

いきなりの声に、飛び上がる。

少し離れた給水塔の側に、新堂の姿があった。

新堂は錆びついたパイプ椅子に座り、電子タバコを咥えて真帆を見ていた。

「班長……いつからそこに？」

「おまえが来る少し前だけど」

新堂の足元には骨壺くらいの大きさの空き缶があり、吸い殻が溢れんばかりに溜まっている。

この屋上は、この署の喫煙コーナーだったことを思い出す。

「班長、電子タバコだったら、何もここに来なくても」

「別に煙草を吸うためだけに来るんじゃない。椎名だってそうだろう？」

無論、真帆は喫煙者ではない。ここに来るのは風に吹かれて、空を見るためだ。

「俺は田舎者だから、せめてこういう場所で一人になりたくてな……風に吹かれるだけで、気分がリセットされるんだよ」

「ですよね。私も多摩川縁で育ったから、一日中屋内で仕事をしていると病むんです」

「本庁の仕事はキツいか」

あの退屈さは確かにキツいが、仕事そのものがキツいわけではなく返答に困る。

「……この屋上に戻りたいです」

そうか、と新堂は立ち上がってフェンスの方に歩きながら、大きく伸びをした。

「あの撃たれた杉藤も同じようなことを言ってたよ」

「え？　班長、杉藤巡査と面識があったんですか？」

新堂はまた電子タバコを咥えながら、振り向いた。

「三年前まで、杉藤はうちの別班の刑事だったんだ」

「別班の？」

杉藤は、別班に在籍する新人刑事の教育指導という名目で、他署から異動になって来た巡査だったという。

「全く出世欲のない奴で、いつもこの屋上で本ばかり読んでいたよ」

「本庁にはいつから？」

「あの事件の一年前くらいだ。重丸から、いい刑事がいたら出向させられないかと相談されて……」

当時の署長の許可も得られ、結局は出向ではなく異動という形で捜査一課に配属になった。

「最初、杉藤は拒否したんだ。捜査一課には行きたくないと……彼の奥さんが、その頃軽い鬱病（うつびょう）に罹（かか）っていたせいもあったんだろう。生活のリズムを変えたくないと」

所轄署から警視庁捜査一課に異動することは栄転であり、ノンキャリアの刑事にとっては大出世とも言える。

「本人は凡庸な刑事を装っていたが、杉藤の刑事としての資質が優れていることは俺にはすぐに分かった。まだ三十代半ばだし、刑事としてまだまだ飛躍できる。警察機構の最前線で、あの重丸の下で活躍して欲しかったんだ……」

それが、杉藤のためだと疑わなかった、と新堂はまた空を仰いだ。

「俺は、俺の夢を杉藤に押し付けてしまったんだ……」

　意外な言葉だった。新堂は警察官になってからも、出世欲とは無縁だったと聞いている。

　真帆が知っている口癖も、『所轄だからこそできる捜査がある。その地道な捜査が結局は事件解決に至るんだ』というものだ。

　それは、古沢がいつも言う、「捜査は足で稼ぐ」というものと同類の意味を持つが、真帆世代の者には、古沢の言葉よりも受け入れやすかった。

　そのことを口にすると、新堂は声を上げて笑った。

「そりゃ、フルさんが可哀想だよ。あの人のような刑事がいるから、若い刑事も反発しながら自分の考えがどういうもんか気がつくんじゃないか？」

　今どきの奴は、自分が何を考えて何に向かって動いてるのかさえ分かってないのが多いからな……と言い、「ま、俺が言っても説得力ないかもな」とまた笑った。

「杉藤さんに、責任を感じていたんですか？　だから、私を重丸係長の下へ？」

　自分なら、その未解決事件に必ず手を出すだろうと……？

「そこまで考えていたわけではない。あれから重丸は懲罰すれすれの単独捜査をしていたからな、そのカバーくらいは椎名にもできるかなと」

　はあ……と、膝（ひざ）の力が抜けそうになる。

「いや、あの有沢警部となら、きっと何か事を起こしてくれるかなと期待したことは確かだ」

　悪かったな、面倒かけて、と新堂は戯(おど)けた様子で頭を下げた。

「杉藤さんは、今どうしてらっしゃ……」と言いかけて、「あっ！」と真帆は声を上げた。

　あの雨の中……ワゴン車から降りてきた車椅子の男性……。

「杉藤さんは、あの練馬校に？」

「ああ。自分なりに事件の解決に協力したいと、あの塾の非常勤講師になったんだ」

　たとえ車椅子の生活になったとしても捜査中の負傷であり、警察を辞める必要はなく、重丸も新堂も本庁の総務に異動できるよう計らったが、杉藤はそれを断った。

　出世欲はないが、刑事である自分に誇りを持っていたと語ったという。

「あの塾に入ったのは、係長の口添えがあったからですか？」

「桑原から申し出があったらしいんだ。杉藤は娘を無事に奪い返してくれた恩人だからと」

「杉藤さんは、今日私たちが練馬校に向かうことは知っているんですね？」

「ああ。重丸は杉藤に面会したいと言って塾長を説得する計画らしい」

「大丈夫なんですか？　塾長はともかく、もしヤツが犯人だったら危険じゃないですか！」

「杉藤なら大丈夫。元は陸自の自衛官だからな」と、新堂は自分のことのように胸を張った。

「自衛官!?」

吾妻は、運転席で少年のように声を上げた。

「カッコいいな！　俺も警察か自衛隊かで迷ったんだよね。陸自はハードだから無理だけど、戦車に乗れるし、海自はチョーカッコいいけど海は苦手だから、やっぱ空自だな……輸送機で捕虜の救出に向かったりできるし……」

「妄想してないでさっさと出してよ。遅れるよ」

エラソーに、とぶつぶつ言いながら、吾妻はセダンのアクセルを踏んだ。

「しかし、フルさんもよくよく運がない人だよな。せっかく有終の美を飾るチャンスだったのにな」

古沢は先刻、署の階段から足を踏み外し、接骨院に担ぎ込まれた。

本人は「這ってでも練馬に！」と叫んでいたようだが、新堂に止められたらしい。

「被疑者確保の快感は癖になるし、これが最後だと思ったら悔しいだろうな」

心にもないことを、と真帆は思った。

吾妻が被疑者確保の手柄を狙っているのは見え見えだ。

それは出世への手柄というより、その高揚感と達成感欲しさの、実に子どもっぽい欲求のせいなのかもしれないと、真帆は最近になって少し吾妻の本性が分かってきた。

「……だからか。杉藤元巡査は射撃の名手だったって班長から聞いたことあるけど、元自衛官だったら……なるほどね」

「何一人で納得してんのよ」

「おまえは知らないと思うけど、警察学校の射撃訓練なんかとはまるで違うんだよ、陸自の訓練ってさ。第一、扱う銃の種類がだな……」

延々と続く軍オタの吾妻の声を遠ざけ、先刻、新堂と話したことを思い出す。

『班長は本庁で働きたいと思ったことはないんですか？』

『そりゃあるよ。もっと若い時にな。警部になる昇任試験も勧められたが、自分には向いてないことが分かった』

『そんなことは……やっぱり、杉藤さんのことが』

『いや、もっと昔の……』

新堂はそこで言葉を切って、『まあ、いろいろあらぁね』と笑い、階下への扉に向かった。

思わず、その背中に言った。

『班長はオペラとか好きですか？』

『いや、俺は別に。同僚で親しかった巡査が好きだったけどな』

歩きながら言い、『椎名のお父さんもけっこう詳しかったぞ』と扉を開けた。

〈何で急に班長にあんなことを……子供のようにアイスクリームを食べていた誰かが、班長に似ていたわけでもないのに〉

自分が思うより、失われた記憶を取り戻したい気持ちが強くなっているのか……。

「これで、隣にいるのがおまえじゃなくて有沢さんだったら……」

急に吾妻の声が耳に戻った。いつから有沢の話になったのかは分からなかった。

「彼女だったら、キミに運転なんて任せないと思うよ」

それに……と、言いかけて真帆は口を噤んだ。

運転席での有沢の言動は、絶対に言ってはいけない。

人の夢を壊すほど意地悪くはないつもりだ。

告発 Ⅵ

一睡もできずに朝を迎えたが、昨日は夕方から午後の8時まで車椅子の上で熟睡してしまったせいか、寝不足の怠さは感じられなかった。

いつもどおりの朝が来て、妻と何事もなかったように食事をし、いつもどおりの昼が来たが、昼食を食べる気分にはなれなかった。

体調も優れない様子に、妻は休みを取ることを勧めてきた。けれど、漫然と重丸からの連絡を待つのは嫌だった。

何もせずに時間をやり過ごし、あっという間に玄関のチャイムが鳴った。

「今日は雨の心配はなさそうですね」

玄関先でキムラは妻に言った。

「ええ。雨はもうたくさん……雨の日は憂鬱でたまらないもの」

妻の笑顔はごく自然だった。

「行ってらっしゃい」という声もいつもどおりだった。

「奥さん、今日なんか良いことでもあったんスか？」

車に乗り込んですぐに、キムラはシートベルトを掛けながら振り向いた。

「分かるか？」

「そりゃね。何かいつもより綺麗だもん……あ、いつも綺麗っスけどね」

綺麗か……。

彼は妻に向かってその言葉を言ったことがなかったことに気付いた。

「やっぱりたまには綺麗だね、とか言った方がいいのかな」

「そりゃそうでしょう。俺なんか毎日ヨメに言ってましたよ。ま、半分強制的に言わされていたんスけどね」

キムラは車をスタートさせて笑い声を上げた。

「あれがウザかったのかな。ホント面倒臭いっス、女って」

「迎えに行けばいいのに。奥さん、待ってるんじゃないか？」

信号が赤になり、またキムラは振り返る。

「残念でした！　一昨日、離婚届を送ってきたんスよ。上等っスよ。せいせいしました、ホント」

「出したのか？」

「すぐに出しましたよ。あれって、休日でも受け付けてくれるんスよ。婚姻届出した時も確か休日だったなあって」

「子どもはまだ小さいんだろう？　親権も奥さんなのか？」

言いながら、青に変わった信号を目で指した。

「親権なんて……俺、ガキンチョ苦手だから。欲しくてできた子どもじゃないし」

「ふうん……でも、だんだん自分に似てきたら可愛くなるもんじゃないのかな」

車の脇を、バイクが嫌な音を立てて追い越して行く。

いつもは頭の芯に響いて腹が立つその音も、今は気にならない。

「お宅は今まで子どももできなかったんスか？」

「妻がね、ちょっと不安症が酷くて……先がどうなるか分からないのに、子どもを作るなんて考えられないってね」

あの頃は、毎晩のようにそんな話をしていたことを思い出す。

すぐに子供ができていたら、もう小学生くらいだろうと想像する。

「それに、何か事件に巻き込まれたり誘拐されたりしたらって、奥さん、悪い方に考えるタチだからね」

「考え過ぎっスよ。ま、ボスんとこみたいな金持ちの子どもなら心配かも。実際誘拐されたし」

また車が徐行して停まる。数台向こうの信号が赤だ。

キムラはまた振り返って「あの家政婦が犯人だったりして」とケラケラと笑った。

彼は今にして思う。なぜ、この通りは信号が多いのだろうと。

「それで、共犯者に殺されたとか……？」

「そりゃそうだろう。いくら体格のいい女の人と言っても、いい歳したお婆さんだろ？」

ふうん……と、キムラは顔を戻す。

「昨日、遊びに来た友人が話していたんだけど、あの家政婦は事件当初から容疑者だったんじゃないかってさ」

何気ないように言った。

後方からパトカーのサイレンが近づき、キムラは車を道路の端に寄せた。

車の横をパトカーが猛スピードで通り過ぎて行く。

「杉藤さんの友人って……警察官だった頃の？……」

再びアクセルを踏んだキムラが、左右の車を気遣いながら、さらりと言った。

その途端、車内の空気が一変した。

慌てて、キムラは口を開く。

「あ、やっぱり？　いえ、杉藤さんの履歴書をうっかり見ちゃったんで」

「うっかり？」

「もちろん……うっかりっスよ。塾長がデスクの上に置いておくもんだから」

「……そうか。別に隠してた訳じゃないんだ。最初から言ってれば良かったね」

キムラはブレーキを踏んだ。また先の信号が赤だ。

「それで、その友だちの警察の人は、あの家政婦のバアさんが犯人だって証拠かなんか掴んだっていうんスか？」

　キムラはまた振り返って軽やかな口調で言った。

「ん……どうやら、そうみたいだよ。今は街中に防犯カメラがあるからね」

　キムラの顔から笑いが消えた。

「マジで？　まさか……」

「青だよ」と、彼はまた先方の信号に目を遣った。

　キムラは焦ったように顔を戻してアクセルを踏み、お陰で彼は少し上体を揺らした。

「嘘でしょう？　それ……考えられないな。あのバアさんはボスに世話になってるし、あの歳でそんな……第一、カメラの映像がなんで今頃」

「そうなんだよ。でも、友人は面白い推理を聞かせてくれたよ。推理というより、ほぼ事実だと私は思うけれど」

　話し過ぎだ、ともう一人の彼が頭の中で叫ぶ。

　だが、もう後戻りはできなかった。

「その共犯者の目星も大方ついたらしいんだ」

　マジっスか、それ、と言いながら、キムラは車を再び路肩に寄せ、停車させた。

「すいません！　ちょっと急ぎのメールをしなくちゃならないので……」

　キムラは振り返り、スマホを振り上げて言った。

「最近は運転しながらスマホを持ってるだけで免停ですからね。ヤバいっスよ」

キムラはメールを打ちながら、また口を開いた。

「その共犯者って誰ですか、ボスの知り合いとか……？」

「前、新宿校を不当解雇された講師がいるって話、君としたっけ？」

一瞬、間があった。

「ああ、塾長の親戚の……いましたね、そういう人」

キムラはメールを打ち続けている。

「その元講師が共犯者の一人みたいだよ」

「一人？　まだいるんですか、共犯者が……へえ、何か証拠でも出たんスかね」

「うん。決定的な証拠を摑んだらしい」

彼はスラスラと流れるように嘘を吐いた。

キムラはまた、へえ……と呟いた。

「君は麻雀が趣味だとは知らなかったよ、ジョージ君」

弾かれたようにキムラが彼を見て、いきなりけたたましく大声で笑った。

「何スか、それ。ジョージって……誰のことですか」

「私を撃った誘拐犯だよ」

「杉藤さん、勘違いも甚だしいっス。バカなのかなあ、警察は」

「違うのか？」

「違いますよ」

「でも、君があの不当解雇された、杉村亨と名乗っていた講師なんだろう?」

キムラは答えずため息を吐いた。

「家政婦の家からたくさんの指紋が出たそうだよ。その中に君の指紋があったりしてな」

「だから、俺はジョージじゃないんだってば!」

キムラは叫ぶように言うと、いきなり車線を変更してスピードを上げた。

彼は、やっぱり自分は教師に向いていないと思った。どういうわけか、短い間だけでも刑事になれて良かったと、緊張する頭の中で思った。

また先の信号が赤になったが、キムラはもう振り返らなかった。


いつものように事務室の前を通ると、ガラス窓の向こうで塾長が笑顔を作って目で挨拶(あいさつ)をした。

彼は笑顔を返すことはできなかったが、代わりに背後のキムラが大きな声を出した。

「杉藤さん、過去のカリキュラムの資料を調べたいって言うんで、五階の資料室にお連れしますね」

塾長は笑顔のままで頷(うなず)き、よろしく、というように、彼に向かって軽く頭を下げた。

顔を前に戻すときに、一瞬だけ左耳の下に冷たい刃先が当たった。

捜査Ⅶ

「おい、寝るんじゃないぞ！」吾妻の声が耳に刺さる。

「寝てなんかいないよ！」

環状八号線に入ると、相変わらず車の流れはゆっくりとなる。

スマホで時刻を確認する。15時04分。

渋滞がなければ、このスピードでも16時前には余裕を持って練馬に到着できる。

古沢には、ウロチョロするなと言われたが、警察官だと悟られなければ、ビルの外で待機するくらいは許されるはずだ。

しかも、今日の真帆の服装は、どう見ても刑事には見えない。

ショッピングモールで着替えとして購入したのは、フードの着いた薄手のパーカーとジーンズだ。署の仮眠室から着替えて現れた真帆を見て、吾妻が何か言いたそうな顔をしたのを思い出す。

真帆の予想どおり、練馬校近くのパーキングに到着したのは16時30分前だった。

「キミはここで待機してて。私は塾の入り口近くで様子を窺う。重丸警部補たちが見えたらすぐに連絡を入れるから」

吾妻の返事を待たずに車を降り、真帆は［ブロッサムアカデミー練馬校］へ向かう緩い坂道を上がり始めた。

途中、パーキングの方を振り返ると、車内でスマホを耳に当てている吾妻が見えた。有沢に連絡を入れているのかもしれないと、真帆は思った。

先日の雨の日を思い出す。

傘にぶつかり走り去った男……謝りもしない男に腹が立ち振り返ると、その男は塾の中に入って行き……塾の前に停まっていたワゴン車から車椅子を押して来る若い男……。

今日は朝から晴れていて、あの日と同じような午後でも、まるで風景が違って見える。

学校帰りの児童、買い物客、目の前を左右へ走り去る自転車。

夕方の忙しない空気に、寝不足の体が悲鳴を上げそうになる。

真帆は塾の斜め向かいのベーカリーショップの壁に凭れ、ビルを見上げた。

五階建てのビルの両隣も同じようなビルだが、［ブロッサムアカデミー練馬校］は一階から五階までの全ての窓ガラスに、桜の木を象った塾のマークや宣伝用の張り紙が見られる。

右隣のビルとの間に細い通路があり、その場所は塾生たちが利用するのか、割に広い駐輪場があった。

その駐輪場のある通路に面してビルの側面が露わになっていて、鉄製の非常階段がある。

十数段ごとに踊り場を設けた廻(まわ)り階段だ。

スマホの時刻は15時40分。

周囲を見回すが、まだ重丸や、捜査員らしき者の姿は無い。

真帆は行き交う人々の流れを断ち切るように斜めに道を横切り、ビルの非常階段に向かった。

当然、重丸はその階段付近にも捜査員を配置するはずだ。

無論、正面入り口は捜査員が張り込むだろうし、ビルから男が逃走するとしたら、非常階段以外は窓から飛び降りるしかないからだ。

仮に非常階段からの逃走が成功したとして、その後の逃走ルートを上から確認しようと思った。

『捜査は足で稼ぐ』アプリで検索するより、目視が一番だ。

古沢の言葉に従うが、じっとしていられなかったというのが本音だった。

錆(さび)の目立つ階段を、三階まで一気に上がる。

踊り場で下を見下ろすと、駐輪場が途切れた敷地の奥に半開きになった小さな門があり、その向こうに路地が見える。

〈あの路地は駅の方に向かうのか……それともスーパーの裏手に？〉

そう考えた時だった。

頭上で、人の声がした。少し甲高い、男の声だ。

風に乗った煙草の臭いが、僅かに鼻腔を刺して来る。

古沢が吸っているという、あの独特な煙草の臭いに似ている。

〈……そうだ、富田の部屋で微かに嗅いだ臭いと似ている〉

靴音を立てないよう、そっと次の踊り場に向かう。

「……ここで煙草を吸うのが、俺のストレス解消なんだ……ケチ臭いスかね」

喫煙者同士の世間話か、と真帆は思った。

「新宿には喫煙ブースがあったんだけど、碌なもんじゃなかった。あんな狭い空間にも村社会があって、誰と誰とがくっついたの離れたの……給料は誰が一番高いか……」

くだらねぇったらありゃしない、と男が笑う。

「君が、私を撃ったのか」

え……!?

別の男の声がした。

〈杉藤巡査……？〉

「俺じゃない。俺はヤツのゲームに付き合っただけだ」

あのワゴン車を運転していた男、新宿校の元講師……？

次の踊り場に向かいながら階段の隙間から上階を窺うと、五階への入り口にある踊り場に人影が動いていた。

スマホを取り出し、吾妻宛てにビデオ通話を設定する。

「ヤツってジョージという男か？　その男も桑原に恨みを持っていたのか？」

「あんたはとうに気がついてるのかと思ってたよ。ヤツは自衛隊であんたには世話になったって言ってたからな」

「自衛隊……？　自衛官なのか？　その男も桑原に恨みを？」

「本人に聴いてみる？　さっきメールしたからもうすぐ出勤すると思うよ」

〈ここの講師……？〉

真帆はうっかり声を出しそうになる。

「あんたもいつだったか、ヤツを見たことがあったはずだけど……そうか、やっぱり覚えてなかったのか」

「その男も桑原に恨みを？　それとも、この私か？」

「さあ……そんなことは俺には関係ないよ」

「分け前は十分だったろう、それで海外逃亡でもすれば良かったじゃないか。こんな間近で運転手なんかしなくても……」

杉藤の声は変わらず静かだった。男を刺激させないためだろうと思った。

「なあ、杉藤さん、金っていうのは使えばなくなるだろう？　たとえ一億でもさ」

「賭け事とか？」

「まあ、それもあるけど、別れた子どもの養育費とか、実家の建て替えとか、つまんねえもんにすぐ消えちまって……だから、ここの塾長に泣きついて雇ってもらったんスよ」

「塾長は君の親戚なんだろう？」

「オヤジの従姉妹だかハトコだか。良くわかんねえけど、新宿校に入ったのもあの人のお陰なんだ。まあ、あの人もボスの弱みを握っていたからな」

「桑原は君の正体に気づいてたのか？」

男はまた甲高い声で笑った。

「事務員の俺となんか、まともに目も合わさないよ。でもまさか誘拐犯の一人が身近にいるとは思ってなかっただろうな」

真帆はスマホの向きを変えて、映っている吾妻にサインを送る。

ワタシガ、ウエニ、アガッテ、ツカマエル？

途端に、吾妻がギョッとして首をプルプルと左右に振った。

時間を確認する。間もなく16時だ。

下方の駐輪場と商店街の道路を見渡すと、それらしき捜査員数人と共に正面入り口の方に向かう重丸の姿を確認した。

「……なあ、杉藤さん。今までどおり、何もなかったことにできないかな」

「何もなかった？」

今度は杉藤の笑い声が聞こえた。

「警察は俺が共犯者だって証拠を掴んだって、嘘だろ？」

「嘘じゃない。でも、私を撃った男の正体を教えてくれたら罪は軽くなる」

男は何かを考えているのか、少し沈黙があった。

深いため息が聞こえた。

「遅いんだよ、もう……あのババアさえもっと優しかったら……」

泣き笑いのような、妙な声が聞こえた。

「あんたをここから突き落として殺したら、俺は死刑になるんスかね」

低く感情のない声で男は言った。

慌ててスマホを見ると、流れる地面が映っていた。

〈走ってる？〉

パーキングの方向に目を向けると、雑踏の中を走ってくる吾妻が見えた。

――と、次の瞬間、派手なクラクションを響かせ、雑踏をかき分けるようにして入って来た四駆車が停まり、運転席から有沢が飛び出して来た。

有沢は駐輪場の脇を通り、非常階段の下で真帆を見上げた。

慌てて頭上を指し、上がって来いと手招きをしようとした瞬間、持っていたスマホがするりと落ち、派手な音を立てて階段を転がって行く。

慌てて上を見ると、ひとつ上の踊り場に駆け降りた男と目が合った。

男はグェッという不思議な叫び声を上げ、また階段を駆け上がって行く。

真帆も弾かれたように男がいた踊り場に駆け上がった途端、上から叫び声と共に杉藤を乗せたままの車椅子が落ちて来て、真帆の体を掠めて横転した。

「大丈夫ですかっ！」

叫んだのは、下から駆け上がって来た有沢だ。

杉藤の固定ベルトを外しながら「椎名さんはヤツを！」と叫ぶ。

反射的に体が動き、真帆は階段を駆け上がった。

非常口のドアは開け放たれていて、少し奥の暗がりに二人の男がいた。

一人は、杉藤を突き落とした運転手の男。もう一人は……。

その目元に、確かな覚えがあった。

「佐原さん……？」

富田啓子の甥、佐原達郎だ。

「まさか！　あんたが、ジョージ!?」

佐原は真帆から視線を逸らし、無表情のまま静かに言った。

「木村、ゲームオーバーだ。諦めよう」

「嫌だ！　俺は捕まらない！」

木村は憎々しげな目で真帆を見ると、ポケットから何かを取り出して真帆に向かって突進して来た。

その姿はスロー動画のようで現実感がなかったが、咄嗟に躱す真帆の頬に電気のような刺激が走り、すぐさま身を翻すと、木村が振り上げた手の中でナイフが光った。

——と。その瞬間、「このヤロウ！」とドスの利いた声で叫び、踊り場から飛び込んで来た有沢が背後から木村を羽交締めにした。「ジタバタするんじゃないよッ！」暴れる木村がナイフを振り回して有沢を振り切り、通路奥へと走り出す。すると、奥の階段から騒がしい足音と共に重丸と数名の捜査員たちが現れ、先頭の刑事が脱兎の如く走り出て木村に飛びかかり、雄叫びを上げて背負い投げを決めた。

「はい、現行犯逮捕！　往生際が悪いと女にモテないよ！」

床に転がり苦痛に呻く木村を見下ろし、重丸が毅然と言い放った。

「椎名さん、大丈夫ですか!?」

有沢が駆け寄り、頬を指して叫ぶ。

その背後の非常口から顔を出した吾妻が、啞然と周囲を見回し、真帆を見て顔色を変えた。

頬を伝う生温いものに触れると、指の腹がぬるりと滑った。

重丸は息を整え、壁際に茫然と立ち尽くしている佐原に近付いた。

「杉村……じゃなくて、木村亨くん？」

佐原は首を左右に振り、床で呻く木村を指した。

「じゃ、君が杉藤巡査を撃ったジョージくん？」

佐原は力無く頷いた。

「君、射撃の腕が悪くて良かったじゃないの」

子どもを誉めるような言い方をして、重丸は佐原の右手に手錠をかけた。

※

「しかし、ずっと思ってたんだけど、身代金の受け渡しをわざわざ現金でしなくても、今は架空口座に振り込ませる手口の方が簡単で安全なんじゃないかな？」

警察庁の地下食堂はいつも混雑している。

練馬の騒動から一週間が経っていた。

本庁に書類を届けにきたという吾妻の嘘に付き合い、真帆が有沢をランチに誘った。

「いえ、今はアナログの方が手堅いんです。架空口座を使用する犯罪が多くなってからサイバー犯罪捜査の向上に力を入れてますから、却って捕まる率は高いんです。一時は外国人留学生が帰国する際に不要になった口座を安く買って、犯罪に使う手口が増えた時期もありましたけど、今はその方が逆に足がつきやすいと思います」

有沢はハンバーグを切るナイフの手を止めて、警察学校の教官のように説明をする。

その二人の様子をぼんやりと眺めながら、真帆は別の考えに囚われていた。

桑原宅を最初に訪れた時に近所の主婦が言っていた、私立探偵のことだ。

「何で、探偵が。何を調べようとしていたのかな……」

「桑原の話ですか？　それは国税庁の査察官だと思います。今回の騒動の後に査察調査が入ったと聞いています」

「だから、二年前の事件も公にされては困ったんだな。で、上はいくらお小遣いもらったのかな」吾妻が冗談めかして人差し指で天井を指した。

先日の警察発表に、自衛隊から盗まれた銃のことは含まれていなかった。だが、何者かの内部告発により、その事実はネットで拡散し続けていて、いずれ上層部からの説明が必要になるだろうということだ。

「警察に防衛省か……闇はどこまでも深いんだな」

「二十年後には私たちの時代が来ます。きっと変わりますよ。がんばりましょう、吾妻巡査」

凛(りん)とした声で言い、「じゃ、お先に」と有沢は席を立った。

「ですよね。俺、巡査部長ですけど……」

ため息混じりに呟く吾妻に振り返ることもなく、有沢は足速に去って行く。

その均斉(きんせい)のとれた後ろ姿を見送りながら、あの逮捕劇の後、練馬から帰る車中での有沢の言葉を思い出した。

『私、二卵性双生児の兄がいるんですけど、職場のパワハラで鬱(うつ)になったんです』

真帆が、電話から聞こえるキーボードの異常な音を尋ねた時だ。

『それから引きこもりになって、今でもほとんど自宅から出られないんです。でも、システムエンジニアの国家資格を取得しているので、自宅で仕事を受けているんです』
有沢は、先月から有休を使いまくり、兄の世話をしていたと言った。
『トウゴって言うんです。東に悟……兄というより、分身です』
有沢は左手を上げて、「いつも一緒です」とゴツい腕時計を見せた。
両親は数年前に海外に移住したと言ったが、それ以上は話さなかった。
キャリアとしての仕事と勉強に加え、兄の世話……。
あの部屋は、その多忙さゆえの……？
真帆の気持ちを察したのか、有沢は明るい声で言った。
『まあ、兄にはいろいろ助けてもらってはいるんですけどね』
あ。

例の鑑識のプロ……？

『何か？』と視線を合わせて来る有沢から、真帆は笑顔のまま視線を逸らした。

〈他人に深入りする刑事は、真実を見誤る。真実は具体的な事実の中にしか存在しない〉

あの瞬間、誰かが言った言葉を思い出した。


吾妻や有沢と別れて七係に戻ると、佐原と木村の供述調書が真帆の手元に届いた。

重丸は三日前から有休を取り、相変わらず七係の室内は真帆の天下だった。

頰の傷は思ったより深かったが、痕が残る心配はないと医者に告げられた。

「嫁入り前の娘に何てことを！　刑事なんて今すぐ辞めなさい！」と曜子は憤慨し、博之からは、「名誉の負傷だな」と言われた。

　事件解決後、二日間の有休を取り、ひたすら寝た。

　その間、吾妻からは逮捕した二人の取り調べの様子などの連絡があった。

　佐原は拳銃窃盗を始め、誘拐事件及び二億円強奪の罪、そして拳銃発砲による殺人未遂など、多数の罪に問われることになる。

　木村も、富田啓子殺害の罪に加え、誘拐事件の幇助、杉藤への殺人未遂など他にも余罪を調べる必要があり、検察送りには時間がかかりそうだった。

　郭は、食品や漢方など密輸品と知って仕入れた《関税ほ脱犯》に問われるということだった。

　二人の取り調べの担当は新堂と古沢だったと聞いた。

　まだヒリヒリと痛む頬の絆創膏を張り替え、真帆はパソコンを開いた。

［世田谷区乳児誘拐事件 及び 二億円強奪傷害事件　供述調書 甲］

《佐原達郎　1988年4月8日生まれ　宮城県仙台市出身　杉並区南高井戸＊＊＊》

　私が二年前に発生した世田谷区乳児誘拐・二億円強奪傷害事件の首謀者であることは間違いありません。

　共犯者は富田啓子と木村亨です。

当日の13時頃、渋谷区表参道ヒルズ内のセレクトショップ［マリンブルー］にて、同店を訪れていた桑原夏未（当時生後四ヶ月）を誘拐する計画を立て、桑原和也宅の家政婦である富田啓子に、男装してそれを実行することを指示しました。

富田の身長は170センチあり、長年舞台俳優として体を鍛えていて、男役の経験もあり、至近距離で直視しない限り女性だと疑われることはないと考えました。

誘拐に成功した富田は、夏未を抱いて竹下通りのアクセサリーショップ［ベリー&ベリー］に入り、スタッフルームでカツラと服装を替えて若い母親になりすましました。その後、裏口から隣のインテリア雑貨店［台北生活］の店内を抜けて外へ出て、原宿駅から電車で横浜のビジネスホテルに向かいました。

その間、富田啓子のアリバイのために、当時富田が懇意にしていた木村亨に、女装して庭先で煙草を吸うよう指示しました。

富田啓子は私の母の妹です。桑原家の家政婦として三十代の頃から働いて来ましたが、富田は桑原和也の父・桑原盛夫（もりお）とは長年愛人関係にありました。

勤め始めて間もなく、富田は盛夫の子を宿しましたが、認知は拒否され堕胎、その後身体を壊したこともあり、仙台市の私の実家に身を寄せていました。

当時、母は寡婦であり、一人息子である私はまだ小学生でした。

富田は近所の保育園の清掃員として働き、私の家のすべての家事をこなし、五年間を過ごしました。

富田が再び桑原家の家政婦に戻ったのは、盛夫の妻が癌で他界したことから、盛夫から熱心な誘いがあったためだと聞いていました。

私の母は保守的な人間で、富田の素行（飲酒・喫煙など）に口うるさく忠告していたため、富田も、仙台での暮らしに限界が来ていた時期で、東京に就職口を探していたタイミングだったと、後に富田から聞きました。

桑原家には一人息子の和也がいましたが、過保護で育った内気な子どもであったと聞いていました。

盛夫から、『もしかしたら、おまえの子どもの方が出来は良かったかもしれない』と言われたそうです。富田がまだ飲酒をしていた頃に、よく酔って悲憤していました。

事件の半年前に盛夫が亡くなると、一時憔悴（しょうすい）していた様子でしたが、間もなく桑原に夏未が生まれ、その世話に情熱を傾けるようになったようでした。

母親のサツキは全く育児に関心がなく、ほとんどの世話を富田に押し付け、本人のSNSでだけ、良い母親ぶりをアピールしていたそうです。

富田は、盛夫から、自分が他界した後は和也と孫を頼むと言われていたそうです。

遺言書に、富田に老後資金として数千万円の金を譲渡することが書かれていたそうですが、和也夫妻の申し立てにより却下され、給料を倍増することを条件に和解したと聞きました。

その頃私は仙台市の信用金庫に勤めていましたが、競馬にのめり込み、多額の借金を抱えていました。その返済に窮し、顧客の口座から架空口座に振り込みを続け、監査でそれが露呈しました。本来であれば刑事事件になるところでしたが、全額返済と離職を条件に信金側は表沙汰(おもてざた)にはしませんでした。

その金を用立ててくれたのは富田です。

富田の暮らしは質素で、幼少時に貧しい暮らしを経験したせいか、貯蓄が趣味のような人間でした。

仙台に居られなくなった私はすぐに上京し、富田の家に転がり込みました。

富田は迷惑がらずに、自暴自棄の私を受け入れてくれました。

私は大学時代にロンドンに公費留学をした経験があり、母に教わった北京語の他に英語が堪能(たんのう)でした。

その英語能力を活(い)かしたいと、英会話学校などを何社か受験しましたが、全て失敗しました。おそらく、私の地味で陰気に見える容姿や、他人とのコミュニケーション能力を疑われたのだと思います。

無論、桑原が経営する塾の面接試験も受けましたが駄目でした。富田の口添えがあれば職を得ることができたのでしょうが、富田はそれだけはしてくれませんでした。

おそらく、桑原夫妻へ借りを作りたくなかったのと、意地もあったのだと思います。

その頃の生活費は、富田が賄ってくれていました。

私が富田に誘拐事件を持ちかけたのは、富田に金を渡したかったのと、早く自立したかったからです。

反対すると思っていた富田は、意外にも、面白い計画だと同意してくれました。

条件はひとつ。赤ん坊に決して危害を加えないことでした。

桑原夫妻を相当恨んでいたのだろうと思いましたが、後に富田に尋ねた時、富田の真意がわかりました。


木村が富田を殺害したとは思ってもいませんでした。

警察から他殺だったと連絡を受けた時は少しだけ疑いましたが、木村に問うことはしませんでした。

いずれは富田の介護をするのは私なのだと思っていました。

せめて穏やかな老後を送って欲しいと思っていましたが、亡くなったことで、悲しい反面、少しホッとしている自分がいました。

私は薄情な人間なのかもしれません。

けれど、富田を実の母のように思っていたことは確かです。

木村とは、富田を通じて知り合いました。

木村は事件の半年ほど前に新宿校を解雇されて桑原に嫌がらせのメールや電話をした

りネットに塾への誹謗中傷を書き込んだりしていたそうですが、富田に諭され、桑原が提示した和解金を受け取るつもりだったようです。けれど、桁違いの金額を伝えると、すぐにこの計画に飛び付きました。

木村は当時、馴染みの飲み屋で知り合った中国人から中国食材を安く仕入れ、在日華僑たちに売り捌く仕事をしていましたが、競馬やキャバクラで借金を繰り返して金に困っていることを、富田から聞いていました。

私の実父は台湾人です。華僑ではなく、留学生でした。母は未婚で私を産み、その留学生はすぐに台湾に戻ったそうです。

私は長い間そのことを隠して生きてきましたが、木村と知り合った時に、特別な縁を感じました。私も木村も友人には恵まれず、いつも孤独だったせいかもしれません。

仲間に引き入れるのは簡単でした。

誰にも目撃されないことも考慮し、前日に宅配便で必要な荷物を時間指定で桑原宅に送りました。

昼過ぎに着いた宅配便の配達員に、予めスマホに録音していた富田の声で、玄関前に置くよう指示しました。

私は横浜のビジネスホテルで富田を待ち、富田から夏未を預かり、富田は桑原宅に戻りました。

夕方、桑原宅に電話を入れたのは私です。

夏未の世話は大変でしたが、後から合流した木村は子育ての経験があり、ミルクやオムツの世話も楽しそうにやってくれました。

翌日、中華街にある「中国茶房　竜王」付近に指定した時刻より一時間早く行き、警察の動きを監視していました。竜王の店主、郭建秀には、誘拐事件を計画してから雀荘に頻繁に通って近づきました。木村からの話で、郭や従兄弟(いとこ)たちが経営難に遭っていることを知っていました。彼らには計画のことは話さず、それぞれ五百万円を渡す条件で、協力させました。

当日、指定時刻前に、タイ人の団体観光客が入店するのに紛れて、夏未が眠っているベビーカーを押して入店しました。郭は私だと分かっていたと思いますが、知らないふりをして奥の席を勧めてきました。私はそこへ移動しましたが、すぐに立ち去ると目立つと思い、観光客と同席して様子を見ていました。

時間通りに、刑事らしき人物が入店して来ました。

それが誰だか、私にはすぐ分かりました。

杉藤芳樹元巡査と私は、かつて面識がありました。

私は東京の私立M大学卒業後、自衛官を目指し、陸上自衛隊に入隊しました。

一般幹部候補生として訓練期間を経て、三等陸尉として朝霞(あさか)駐屯地警務隊に配属されました。杉藤は二階級上でしたが、人との関わりが苦手な私に良く声をかけてくれました。

私は自衛隊という完全な縦社会に馴染めず、僅か二年で退職しました。

杉藤が自衛隊を辞めて警察官になったことは知りませんでした。

ただ、以前、杉藤がいずれ警察に転職して刑事になりたいと言っていたので、瞬時に杉藤だと分かりました。

杉藤が辺りを見回し、私と一瞬、目が合いました。

けれど、杉藤は何も言わず、すぐにベビーカーから夏未を抱き上げて店外に走り出て行こうとしました。

杉藤も、私にきっと気づいたのだと思いました。

赤ん坊を抱えて慌てて逃げる様子に、そうだと確信したのです。

咄嗟に、ポケットの中でずっと握りしめていた拳銃を杉藤の背中に向け、引き金を引きました。

殺意があったのかと訊かれても、一瞬のことで答えられません。

その後は無我夢中で、よく覚えてはいません。

我に返ったのは、みなとみらいの埠頭でした。

その後、私は富田啓子の自宅である杉並区久我山の都営アパートに向かいました。

そこには、二億円を回収した木村がすでに到着していました。

一年ほどは何事もなく、富田や木村とも音信不通でした。

手元に金は一億円近くありました。ナンバーから自分に警察の手が伸びるかと最初は不安でしたが、二年近くもそういう気配は感じられず、最近では緊張感が失せていました。今は自宅の冷蔵庫に三千万円ほど残っていると思います。

ある時、木村から連絡が入り、杉藤が非常勤講師として練馬校に勤務していることを聞きました。

木村も、遠縁にあたる塾長の計らいで運転手として働いていることを知りました。杉藤が何かを探っている様子だと聞き、私は敢えて、練馬校に中学生の英語講師として入社しました。これは、塾長に木村が推薦してくれた結果です。

杉藤は私の顔を見たはずなのに、なぜ告発をしないのか確かめるためでした。きっと、何かを企み、必ず私を脅迫してくるか、あるいは自首を勧めてくるはずだと思っていました。

けれど、杉藤は私が身近にいることには気づいていないようでした。

拳銃は、自衛隊を辞める決心をした時に、最後の射撃訓練の時に盗みました。

私の射撃成績は最悪でした。上官にいつもバカにされ、反抗して大勢の前で殴られたこともあります。拳銃を盗んだのは腹いせのつもりでした。

訓練後の武器清掃を済ませた後、保管庫に入れる際に、予め用意していたモデルガンとすり替えたのです。訓練時に使用する拳銃はいつも同じ銃だったので、シリアルナンバーを同じにしておけば、すぐに取扱責任者が気づくことはないと思いました。

発覚は時間の問題でしたが、何故かその件で私に連絡が入ることはありませんでした。

杉藤元巡査には、本当に申し訳ないことをしたと反省しています。

死んで欲しいと思ったこともありましたが、自衛隊で、唯一、尊敬できた人でした。

《木村亨　1993年8月30日生まれ　宮崎県出身　住所不定》

私は、6月27日22時頃、杉並区久我山の都営アパートにて富田啓子を殺害しました。

富田に睡眠導入剤入りの酒を飲ませ、泥酔した富田の衣服を脱がせ、沸かしておいた風呂(ふろ)の中に沈めました。

湯に浸(つ)かった瞬間、富田は少し抵抗したので、湯に再び顔を沈め首の辺りを押しながら、静かになるまで待ちました。

自分が触った空き缶や惣菜(そうざい)のパックから指紋を拭(ふ)き取り、煙草の吸い殻や歯ブラシなどは持ち去りましたが、何日か暮らしていた部屋なので、どこかから指紋は検出されると思いました。

そのことが不安でしたが、自分に前科はなく、富田との関係も明るみに出ることはないと自分に言い聞かせました。

富田とは、私が新宿校を解雇された後に、社長の桑原に直訴しようと桑原邸を訪ねた際に初めて会いました。その時社長夫妻は旅行中で、富田が丁寧な応対をして話を聞いてくれ、母のいない私は、富田にその後も個人的な相談をするようになりました。

当時、馴染みの飲み屋で知り合った中国人から中国食材を安く仕入れ、ネットで募集した運び屋を使って在日華僑たちに売り捌く仕事をしていましたが、解雇された憂さ晴らしに始めた競馬やキャバクラ通いで借金が膨らんでいました。そんな私に愛想を尽かし、三年前に結婚した妻は三歳になる息子を連れて実家に戻ってしまいました。

富田に、桑原からの和解案に応じた方が良いと言われ、その気になっていましたが、結局佐原の計画に乗ることにしました。

佐原とは、富田の部屋を初めて訪れた時に会いました。

あの事件で得た金は、別れた妻子にマンションを買い与えたり、キャバクラで派手に遊んだり、競馬に大金を注ぎ込んだりしているうちに、あっという間に使い切ってしまいました。

住んでいたアパートの賃料にも困るほど窮し、ネットカフェなどを転々としました。

ある日、富田のアパートを尋ねた時、しばらく住んでも良いと言ってくれました。

私が新たな犯罪に手を染め、警察に捕まることを恐れたのだと思います。

その頃、富田はアパートにはほとんど帰らず、桑原の家に住み込みの状態だったので、私は仕事のない日は一日中引きこもっていました。

仕事とは、知り合いの中国人が観光客を装って国内に持ち込んだ漢方素材や中国食材を、知り合いの中華料理店などに売り捌く仕事です。雇い主には会ったことがありません。商品の受け取り場所や入金も、全てネットを介して行っていました。私の取り分は一回につき三万円ですが、月に数回もありませんでした。

富田の部屋は病的なほどに清潔でしたが、私が引きこもりを始めてだんだん荒(すさ)んできたので、週末は富田が掃除がてらタッパーに入れた惣菜などを持ってきてくれていました。

ありがたいことだと思いましたが、正直、富田が作る惣菜は私の口には合いませんでした。

隣人と会うこともなく、たまに外出してもほとんど老人とすれ違うだけの生活に嫌気がさし、私はまたキャバクラや風俗に通い始めました。

その遊興費は、富田の金です。

私は富田の部屋のカーペットの下に敷き詰められた現金を使い込んでいたのです。

その金の多くは、あの事件の報酬で、数千万円はあったと思います。

いつものように掃除に来た富田がそれに気づきましたが、何故か富田は私を責めることはなく、練馬校の塾長に就職を斡旋(あっせん)してもらうことを提案しました。

塾長とは、新宿校を解雇されて以来、絶縁状態でしたが、私は詫(わ)びを入れて事務員として雇ってもらうことができました。

しばらくして、その塾に杉藤芳樹が講師として来ることになり、驚きました。

私はその名前を佐原から聞いていたので、すぐに佐原に連絡を入れました。

佐原も、その偶然に驚いていたようですが、杉藤が本当に自分を覚えておらず、二年前の事件当日も自分に気付いていなかったのか、杉藤の行動や言動の様子を知らせて欲しいと言いました。

佐原が練馬校に講師として勤めることになったのも、杉藤の様子を気にかけていたからです。私の話だけでは安心できなかったのだと思います。

富田を殺害したあの日は、酒とパック入り惣菜を予め購入しておきました。

富田は桑原家に子どもが生まれてから、禁酒禁煙をしていると言っていましたが、その夜は一緒に飲んで欲しかったのです。息子の誕生日だったことが、私をそんな気分にさせたのだと思います。

あの夜、私は使い込んだ金の返済計画書を作り、富田を待っていました。

それを見た富田は、最初は断っていた酒を一緒に飲んでくれました。

久しぶりの酒だというのは本当らしく、富田はすぐに酔ったようでした。

そして、富田が言ったのです。

金はもう返さなくていい。自分は金が欲しくて協力したのではなく、その金で私と佐原に人生をやり直して欲しかったのだと。

富田の言葉は、どこか自分たちを虫ケラのように見て憐れんでいるように聞こえました。

「私が育ててたら、あんたたちは犯罪者にはならなかったかも」

富田が酩酊しながら最後に言った言葉です。

計画的に犯行を実行した訳ではありません。

富田の机の上には、富田とその姉、そして幼少時の佐原が仲睦まじそうに写る写真が飾ってありました。佐原の方が自分よりも悪党であり、富田が育てたようなものではないかと思った途端、偉そうな発言をする富田にいきなり殺意が芽生えました。

富田の机の引き出しの中に、常用しているらしい睡眠導入剤が入っているのは以前から知っていました。

ブツブツと何かを言っている富田に、薬入りの酒を無理やり飲ませました。

写真立てを引き出しにしまったのも私です。壁にぶつけて壊してやろうと思いましたが、隣人に不審がられるのを恐れ、せめて目に入らないよう引き出しにしまいました。

そういう意味のない行動を何故あの時取ったのか、もう覚えてはいません。

単に、冷静な判断ができなかったのだと思います。

私は以前は杉村と名乗っていました。本名ですが、元妻と結婚した際、一人娘の妻の実家の姓に変わりました。離婚後も面倒で、そのまま木村姓でいました。その方が、練馬校に度々顔を出す桑原にも気づかれないと思っていました。けれど、何度か言葉も交わしていたはずですが、桑原は私が新宿校の講師だったことは全く覚えていないようでした。

元々滅多に話をする機会がなかったこともありますが、講師時代より10kg以上痩せた私の体形のせいかもしれませんし、塾長ができるだけ顔を合わせないようにしていてくれたのも事実です。

佐原に、思い切って杉藤と面通しをしてみることを提案しましたが、佐原にその勇気はなく、杉藤の様子を遠くから窺っていただけでした。

杉藤は全く佐原に気づいていないと伝える度に、佐原は安心したような、それでいて複雑な表情をすることが多く、不思議に思いました。

元自衛官だった二人の間がどのような関係だったのかは知りませんが、杉藤が自分の運命を素直に受け入れ、事件をほじくり返さなければ、誰もが今までどおり穏やかに暮らしていけたのだと思います。

富田啓子には申し訳なかったと思いますが、後悔はしていません。

告発　終章

「せっかく警察を辞めたっていうのに、こんな危ない目に遭うなんて」

妻は頬を膨らませ、洗濯物を紙袋にしまい込んだ。

「大した怪我じゃないのに、入院なんて大袈裟なんだよ」

非常階段から車椅子ごと十二段ほど転げたが、横転した際に脇腹を少し打ち付けただけだった。

救急車で運ばれた時も意識ははっきりとしていたため、すぐに帰宅できるはずだった。

入院して精密検査を受けることを勧めたのは、重丸だった。

「ホテルにでも滞在してると思って、ゆっくり休みなさい、映画も観られるし読書もできるし」

タダだし、と重丸は妻と顔を見合わせて笑った。

妻が看護師に呼ばれて退室すると、重丸は真面目な顔になって言った。

「一応、健康診断して奥さんを安心させてね。本人より側にいる人間の方が大変なのよ」

なるほど、と思った。

妻も彼の心配をせずに、自由な時間が取れるのだから。

「新堂さんにも、同じようなことを言われました」

「ヤツはずっと君のことを……」

「分かっています。でも、新堂さんに責任はありません。むしろ感謝しています」

短い間だったが、彼は望みどおりに本庁の刑事になれたのだから。

「でも、君は本当に、あの時佐原には気付かなかったの？」

「全く……自衛官の服装だったら気付いたのかもしれませんが。それに、あの時はあの赤ん坊を早く安全な場所にということしか考えていませんでした」

だよね……それが君の任務だったものね、と重丸は頷いた。

「また、警察に戻らない？　今はパソコンでも捜査ができるじゃない」

「私は歳より老けてるって、妻が言うんですよ。いつも捜査は足で稼ぐものだと言ってましたから」

重丸は高笑いをして、「気が変わったら連絡して」と言い残して帰って行った。

重丸に答えたように、彼はあの時佐原を認識していなかった。

けれど、上司が家に来て事件の話をした時、『同期の……』という言葉と『拳銃との接点』という言葉が気になったことを思い出した。

あれは予感だったのだろうか。

佐原が退職した後、確かに装備品、特に銃器の管理が厳しくなった。

武器庫管理者や銃器取扱責任者がいきなり替わったことも不自然だったことを思い出した。まさか、それが佐原に関係しているとは考えもしなかった。

佐原は頭の良い人物だったが、自衛官には適していないと思っていた。

群れの中で大人しくしているタイプではなかった。故に、仲間や上司から疎んじられていた。

彼は意識的に佐原を擁護していたわけではない。

そういう逸(はぐ)れ者を阻害する体質や風潮に抵抗したかっただけだ。

彼はその二年後に退職し、警察官採用試験を受けた。

その選択が間違っていたのか、正しかったのかは分からない。

けれど、失ったものの代わりに得たものは大きい、と彼は思う。

「……それでね、重丸さんったら私に、あなたももっと強く説得しなきゃダメよって」

上司が廊下で妻を捕まえ、懇々と訴えたという。

「君はどう思う？」

「私は……今の生活の方がいいかな。オンライン塾でも開けばいいじゃない？」

妻は、言葉とは裏腹な気持ちを抱える、面倒臭くて、素敵な人間だ。

彼は笑顔を向けて、「分かった。また君に心配させるけど」と答えた。

捜査終章

壁のカレンダーは、まだ三月も前のままだ。

今月もそろそろ終わりに近付いているが、誰も捲ろうとはしない。

誰も、と言っても今は二人だけだが、おそらく年末まで替えられることはないのだろうと思う。

「椎名くんの淹れる珈琲は少し苦いから、こっそりお湯で薄めて飲んでたの知ってた？」

いつもの席から、重丸がのんびりと声を出した。

「ですから、一課に戻れば美味しい珈琲が飲み放題ですってば。しかもタダ！」

真帆は引き出しの中の紙類を出しながら、重丸の顔も見ずに答える。

「何で断ったんですか？　せっかく一課に戻れるっていうのに……」

「だって、今が一番幸せなんだもの。仕事は楽だし定時に帰れるし、旦那も娘たちも、給料が変わらないなら今の部署がいいんじゃないかって言うし」

「そういう言い方、新堂班長とそっくりです」

あら、そう？　と重丸はゲラゲラと笑い、「同期だからね」と言った。

そんな訳はないじゃないかと思ったが、反論しても無駄なことはとうに分かっている。

「そう言えば、古沢巡査って、早期退職するのやめたんだってね？」

「はい。私たちの仕事ぶりを見て、まだまだ辞めるわけにはいかないと……別に私たちのせいじゃないと思うんですけど」

重丸は、ああいうオッさん刑事は死ぬまで刑事でいるべきよ、と高らかに笑った。

「係長って、フルさんのマドンナだそうですよ」

「あらま、光栄だわ。うちの旦那に言っておこうっと」

今度飲む時はご馳走しなきゃ、と言い、重丸は手鏡を出して、珍しくリップを付け直した。

「私が出て行っても、泣かないでくださいね。けっこう、一人ってキツいですよ」

そう言うと、重丸は目を丸くして「大丈夫、椎名くんの代わりにぴっちぴちの若い刑事が来ることになってるもの」と嬉しそうに言った。

「あ、そうですか。良かったです……あ、有沢警部の申し送りですけど、生ゴミは袋の口をちゃんと縛ってからゴミ箱に入れてくださいって……聞いてます？」

「はいはい、新人にちゃんと伝えておくわ」

「それと……」

真帆は少し姿勢を正して、重丸に向き直った。

「短い間でしたけれど、お世話になりました」と頭を深々と下げた。

単なる挨拶ではなく、心からそう思った。

一緒に現場に出たのは一度きりだったが、重丸の度量の広さと、厳しい中にも温かみのある人柄、そして揺るぎない正義感を目の当たりにできたことは、これからの刑事人生の目標とも……。

と、重丸の顔をまじまじと見つめながら涙を堪えていると、重丸が怪訝な顔で言った。

「椎名くん、朝ご飯ちゃんと食べないとダメよ。もうそろそろいい歳なんだから体がもたないわよ」

脱力しそうな腕に力を込めて、予想していたより重くなった段ボール箱を抱えて真帆は言った。「この恰好、映画のワンシーンみたいに見えませんか？」

相手が悪すぎた。

真帆の問いに重丸は口を窄め、小首を傾げただけだった。

冗談が通じるのか、通じ過ぎて解釈が違う方向に飛ぶのか、そういう惚けたところも新堂に似ている……。

杉藤巡査は先週から総務課に勤務し始めたと聞いている。

有沢は先月から海外出張でアメリカに行っていて、吾妻はせっせとメールを送っているらしい。

とりあえず、真帆の周囲は今日も穏やかだ。

重い段ボール箱を抱えながら静かな廊下を歩いて行くと、エレベーターから一人の若い男が出てくるのが見えた。

七係のあるこの階には、資料庫や設備庫があるだけだ。

男は濃紺のスーツ姿で、背筋を伸ばして大股（おおまた）で歩いてくる。

涼しげな、今時のイケメンだ。

互いに黙礼してすれ違う。

止まっていたエレベーターに身を入れて振り返ると、その男が七係のドアをノックするのが見えた。

あの人が新任の刑事か……。

エレベーターの扉が閉まる寸前に、男が室内に消えた。

その後の展開を想像し、少し笑いながら、真帆は捜査一課がある六階のボタンを押した。

本書は書き下ろしです。
本作はフィクションであり、登場する
人物・組織などすべて架空のものです。

強行捜査（きょうこうそうさ）

特命捜査対策室・椎名真帆（とくめいそうさたいさくしつ・しいなまほ）

山邑 圭（やまむらけい）

令和5年 7月25日　初版発行

発行者●山下直久

発行●株式会社KADOKAWA
〒102-8177　東京都千代田区富士見2-13-3
電話　0570-002-301（ナビダイヤル）

角川文庫 23726

印刷所●株式会社暁印刷
製本所●本間製本株式会社

表紙画●和田三造

●お問い合わせ
https://www.kadokawa.co.jp/（「お問い合わせ」へお進みください）
※内容によっては、お答えできない場合があります。
※サポートは日本国内のみとさせていただきます。
※Japanese text only

ISBN 978-4-04-113678-2　C0193

◇◇◇

角川文庫発刊に際して

角川源義

第二次世界大戦の敗北は、軍事力の敗北であった以上に、私たちの若い文化力の敗退であった。私たちの文化が戦争に対して如何に無力であり、単なるあだ花に過ぎなかったかを、私たちは身を以て体験し痛感した。西洋近代文化の摂取にとって、明治以後八十年の歳月は決して短かすぎたとは言えない。にもかかわらず、近代文化の伝統を確立し、自由な批判と柔軟な良識に富む文化層として自らを形成することに私たちは失敗して来た。そしてこれは、各層への文化の普及滲透を任務とする出版人の責任でもあった。

一九四五年以来、私たちは再び振出しに戻り、第一歩から踏み出すことを余儀なくされた。これは大きな不幸ではあるが、反面、これまでの混沌・未熟・歪曲の中にあった我が国の文化に秩序と確たる基礎を齎らすためには絶好の機会でもある。角川書店は、このような祖国の文化的危機にあたり、微力をも顧みず再建の礎石たるべき抱負と決意とをもって出発したが、ここに創立以来の念願を果すべく角川文庫を発刊する。これまで刊行されたあらゆる全集叢書文庫類の長所と短所とを検討し、古今東西の不朽の典籍を、良心的編集のもとに、廉価に、そして書架にふさわしい美本として、多くのひとびとに提供しようとする。しかし私たちは徒らに百科全書的な知識のジレッタントを作ることを目的とせず、あくまで祖国の文化に秩序と再建への道を示し、この文庫を角川書店の栄ある事業として、今後永久に継続発展せしめ、学芸と教養との殿堂として大成せんことを期したい。多くの読書子の愛情ある忠言と支持とによって、この希望と抱負とを完遂せしめられんことを願う。

一九四九年五月三日

角川文庫ベストセラー

THE NEXT GENERATION パトレイバー② 明の明日
監修／押井 守　著／山邑 圭

「特車二課」の平穏で退屈な日々が続くなか、レイバーの1号機操縦担当の泉野 明は、刺激を求めゲームセンターへ向かった。だが、そこで待ち受けていたのは、「勝つための思想」を持った無敗の男だった。

THE NEXT GENERATION パトレイバー③ 白いカーシャ
監修／押井 守　著／山邑 圭

FSB（ロシア連邦保安庁）から警視庁警備部へやってきたカーシャは、特車二課での日々にうんざりしていた。満足に動かないレイバーと食事で揉める隊員たち。だが、そんな平穏を壊すテロ事件が発生した！

軌跡
今野 敏

目黒の商店街付近で起きた難解な殺人事件に、大島刑事と湯島刑事、そして心理調査官の島崎が挑む。（「老婆心」より）警察小説からアクション小説まで、文庫未収録作を厳選したオリジナル短編集。

熱波
今野 敏

内閣情報調査室の磯貝竜一は、米軍基地の全面撤去を前提にした都市計画が進む沖縄を訪れた。だがある日、磯貝は台湾マフィアに拉致されそうになる。政府と米軍をも巻き込む事態の行く末は？ 長篇小説。

鬼龍
今野 敏

鬼道衆の末裔として、秘密裏に依頼された「亡者祓い」を請け負う鬼龍浩一。企業で起きた不可解な事件の解決に乗り出すが……恐るべき敵の正体は？ 長篇エンターテインメント。

角川文庫ベストセラー

角川文庫ベストセラー

脳科学捜査官 真田夏希
鳴神響一

神奈川県警初の心理職特別捜査官・真田夏希は、医師免許を持つ心理分析官。横浜のみなとみらい地区で発生した爆発事件に、編入された夏希は、そこで意外な相棒とコンビを組むことを命じられる――。

脳科学捜査官 真田夏希
イノセント・ブルー

鳴神響一

神奈川県警初の心理職特別捜査官の真田夏希は、友人から紹介された相手と江の島でのデートに向かっていた。だが、そこは、殺人事件現場となっていた。そして、夏希も捜査に駆り出されることになるが……。

脳科学捜査官 真田夏希
イミテーション・ホワイト

鳴神響一

神奈川県警初の心理職特別捜査官・真田夏希が招集された事件は、異様なものだった。会社員が殺害された後に、花火が打ち上げられたのだ。これは殺人予告なのか。夏希はSNSで被疑者と接触を試みるが――。

脳科学捜査官 真田夏希
クライシス・レッド

鳴神響一

三浦半島の剱崎で、厚生労働省の官僚が銃弾で撃たれ殺された。心理職特別捜査官の真田夏希は、この捜査で根岸分室の上杉と組むように命じられる。上杉は、警察庁からきたエリートのはずだったが……。

脳科学捜査官 真田夏希
ドラスティック・イエロー

鳴神響一

横浜の山下埠頭で爆破事件が起きた。捜査本部に招集された神奈川県警の心理職特別捜査官の真田夏希は、カジノ誘致に反対するという犯行声明に奇妙な違和感を感じていた――。書き下ろし警察小説。